결혼 고발

결혼 고발

착한 남자, 안전한 결혼, 나쁜 가부장제

사월날씨 지음

arte

왜 고통을 말하는 데
설득이 필요한가요?

별 탈 없이 산다. 그런데 이 별 탈 없는 일상에서 나는 탈이 나는
것 같다. 오랜 시간 반복되고 쌓여 자연스럽게 받아들여지는
일들이 내게는 어느 하나 당연하게 느껴지지 않기 때문이다.
이상한 괴물이 나의 고요한 일상, 그 수면 아래 숨어 있다.
종종 나도 이 괴물을 아래에 둔 채 평온하게 웃는다. "결혼하니
어때?"라는 물음에 진심으로 "응, 좋아"라고 답하기도 한다.

사실 큰 어려움은 없다. 나의 결혼 생활은 막장 드라마와
거리가 멀다. 오히려 정반대에 가깝다. 기혼 여성인 내 이야기를
드라마로 만들자고 한다면 제작자나 투자자가 이것으로는
갈등이 부족해서 안 된다고 퇴짜를 놓을 것이다. 대단한 자극이
없는 일반인의 일상 브이로그쯤 되려나. 나를 둘러싼 결혼
제도 안의 구성원들은 충분히 상식적이고 적당히 합리적이다.
우리는 서로를 향해 언성을 높인 적도 없고, 목 놓아 운 적도
없다. 모욕적인 말을 주고받지도 않는다. 나의 시부모는
음식점에서 먼저 수저를 놓지는 않지만 수저가 오래 놓이지
않으면 자연스럽게 수저통으로 손을 뻗는다. 나의 남편은
이른바 '가정적이고 협조적이고 착한' 남편이다. 물론 이것은

내가 아니라 세상이 붙이는 수식어다. 나의 표현대로라면, 남편은 '파트너십에 충실'하다. 이렇듯 평범하게 배려 깊은 보통 사람들이 만났다.

별 탈이 있었다면 어땠을까? 나에게 막장 드라마 같은 일이 벌어졌다면? 누가 봐도 눈살을 찌푸리고 고개를 절레절레 흔들 만한 괴로운 일을 당했다면? 마음 여린 누군가가 연민의 눈물을 떨구고 내 손을 잡으며 고생했다고, 진짜 힘들었겠다고 등을 토닥여줄 정도의 스토리였다면 나의 이야기가 더 설득력이 있었을까? 그런데 설득이라니, 고통을 말하는 데 설득을 해야 하는 걸까? 나도 내가 운이 좋은 편이라는 것은 알고 있지만, 그것을 다행이라 말하고 싶지는 않다. 내가 운이 좋다는 사실에 기쁘기보다 내 삶의 평화를 운에 맡겨야 한다는 사실에 오히려 나는 절망한다. 왜 여자의 일상은 어떤 시가를 만나느냐에 따라 달라져야 할까? 왜 시부모가 괜찮은 사람들이기를 불안한 마음으로 빌어야 할까?

운 좋게 착한 남편, 무난한 시가를 만났어도 나는 평범한 일상 안에서 괴로움을 느낀다. 별스럽지 않은 일들이 쏟아져 나를 잠식한다. 말 한마디, 순간의 눈빛, 무심결에 나오는 행동에 나는 숨이 막혀버린다. 나는 아내, 며느리가 쉽지 않다.

차례

prologue 왜 고통을 말하는 데 설득이 필요한가요?　4

1 　결혼하다

왜 사과 못 깎는 걸 걱정했을까?　11

착한 남자　16

사랑하니까 결혼하자?　19

걱정은 있었지만　22

어쩌다, 결혼　24

신부 입장　27

2 　시가를 만나다

시부의 보험 증서, 시모의 레시피　33

며늘애가 그러라고 하디?　37

고부 사이 어색해질라　41

며느리가 미웠다 예뻤다　45

며느리를 오라 가라 할 권리　47

아들집 놔두고 카페를 왜 가냐　51

냉장고 문은 열지 마세요　56

시가 스타트업　60

똑똑한 며느리　65

딸 같은 며느리　70

앞치마는 배려일까?　72

시가와 며느리, 혐오와 희망　77

3 | **가부장제를 고발하다**

효자도 아니면서 83

남편은 돌봄노동을 모른다 93

남편은 가사노동을 미룬다 101

딸이니까, 며느리니까 117

남편은 뭐래? 121

결혼했는데 왜 입사하셨어요? 124

여자에게 좋은 직업이라고? 128

결혼해주세요, 임신해주세요, 나가주세요 131

4 | **오늘의 결혼을 거부하다**

가족은 건드리지 마? 137

여자에게 좋은 결혼은 없다 140

견뎌야만 하는 걸까? 146

명절을 거부하다 149

며느리의 몫도 탓도 아니다 158

고부 갈등을 거부하다 161

시가와 며느리 사이 괜찮은 거리 163

페미 전사 꿈나무 남편 166

1인 1침대 173

결혼이 아니더라도 181

며느리 사표 189

결혼에도 상상력이 필요하다 193

epilogue 당신을 사랑하기 위해서 196
가부장제를 버린다

1 결혼하다

왜 사과 못 깎는 걸 걱정했을까?

왜 하필 사과일까? 집안일은 아무래도 여자가 하는 게 자연스럽다고 여긴 거라면, 결혼 전의 나는 과일 깎기 외에도 걱정해야 할 게 수십에서 수백 가지는 되었을 것이다. 여태껏 해왔던 집안일이라곤 내 방 물건을 정돈하는 것 정도였고, 내가 끓인 짜장라면은 늘 너무 퍽퍽하거나 묽었다. 학창 시절에 친구들과 "너는 요리하는 게 좋아, 뒷정리하는 게 좋아?"라는 질문을 나눌 때도 나는 선뜻 대답하지 못했다. 요리도 뒷정리도 선호를 결정할 정도로 경험해보지 않았으니까. (그렇다. 여자아이들은 이런 시뮬레이션을 해보며 자란다. 요리를 미래에 자신이 하게 될 일로 염두에 두는 것이다.)

결혼 전에 왜 사과 못 깎는 걸 걱정했냐고 지금의 내가 과거의 나에게 묻는다면, 그때의 나는 아마 이렇게 말할 것이다. "반쯤 농담이었는데?" 이런 말은 도대체 어디서 튀어나오고 어디로 흘러가는 걸까. 별 생각 없이 떠올라 주고받는 말들 속에 진심은 얼마만큼 담겨 있을까? 또 우리는 그 진심에 얼마나 예민한가?

사과 얘기가 나온 것은 여자 친구들과의 대화에서였다. 나는 결혼을 앞두었고, 어떤 친구는 결혼을 전제로 애인과 만나는 중이었는데, 비혼 개념은 대중화되기 전이었다. 우리는 나이가 많든 적든 결혼을 언젠가는 해야 할 인생의 큰 과제 중 하나로 여기고 있었다. 결혼 준비에 관해 이야기하다가 내가 이렇게

말했다. "근데 나 아직 사과 못 깎아." 착한 내 여자 친구들은
옆에서 동조해주었다. 어떤 친구는 맞다고, 자기도 못 깎는다고,
그거 어려운 일이라고 말했고, 또 다른 친구는 하다 보면 금방
는다고, 걱정 말라고 했다. 안타깝게도 사과 깎는 법을 알지
못해도 괜찮다고 말하는 사람은 없었다.

'사과 깎기'가 아니라 '신부 수업'이 화제로 올랐다면 우리의
반응은 어땠을까? 요리와 꽃꽂이, 차 내리는 법을 '신부 수업'의
일환으로 배우는 일에 대해서 어떻게 생각하냐고 물어봤다면?
요즘 시대는 집 인테리어며 웬만한 가구 DIY, 꼼꼼하게 적금
드는 법이나 부동산 투자 같은 재테크까지 '신부 수업'으로
배운다는데 어떻게 생각하냐고 말이다. 아마 우리는 모두
손사래를 쳤을 것이다. 요즘에 누가 '신부 수업'을 받느냐고, 왜
여자만 그런 걸 배워야 하느냐고, 남자들은 '신랑 수업' 받느냐고,
그렇게 말했을 사람들이다.

'신부 수업'에 비해 '사과 깎기' 임무는 그만큼 가볍고
일상적이다. 정확하게 성차별을 내포하는 단어는 단호히
거부하지만, "사과를 못 깎아서 어쩌지?" 하는 말에는 맹렬히
거부하기가 조금 멋쩍다. 비교적 쉽게 동조해버린다. 개인적인
고민의 탈을 쓴 말, 너무 사소해서 진담인지 농담인지 살피지
않고 넘겨버리는 말은 위험하다. 남자가 결혼을 앞두고 사과
못 깎는다는 농담을 하는 걸 본 적이 있는지, 과일 깎는 건 왜
당연히 여자의 몫인 것처럼 말하는지 우리는 의심했어야 한다.

'사과 깎기' 일화는 내 안에서조차 쉽게 허용해버린 온건한 차별 의식의 발로였다.

명백히 드러나지 않는 차별은 드러나지 않기에 때로 더 강력하다. 보이지 않으니 없애기도 쉽지 않다. 게다가 대개 부드러운 말로 외피를 두르고 있다. 우리 문화에서 긍정적으로 평가받는 가치들—정다움, 착함, 배려 깊음—은 주로 누구에게 부여될까? 시가에서 참하게 과일을 깎는 며느리일까, 과일 따위 상관없이 앉아 있는 며느리일까?

우리가 진짜 걱정해야 할 것은 따로 있었다

'사과 깎기'에 대한 걱정은 별생각 없이 주고받을 만큼 싱거워 보였지만, 결혼을 하고 보니 정말 걱정해야 하는 일이 맞았다. 결혼 후 나는 실제로 사과를 깎아야 하는 상황에 놓인 것이다. 어쩌면 우리는 아주 똑똑했고, 합리적으로 미래를 예측한 것일지도 모른다. 그러나 이 상황을 얼핏 예상했다고 해도 실제로 맞닥뜨린 '사과 깎기'는 꽤 당황스러웠다. 별생각 없이 떠올랐던 걱정이 실은 직감이 정확하게 기능해 울린 위험 신호였을까.

배려 깊은 시모는 내게 요리를 시킨 적이 없다. 시가에 도착하면 그날의 음식이 모두 완성되어 있었다. 내가 할 일은 냄비에 들어 있는 음식을 접시에 담고, 상으로 옮기고, 수저를 놓는 정도였다. 어머니의 요리 솜씨에 감탄하며 내게 할당된 음식을 다 먹고 나면, 다시 접시를 싱크대로 나르고, 남은 음식을 버리거나 통에 담아 냉장고에 넣고, 상을 닦고, 눈치를 봐서 설거지를 하거나 안 하거나 했다. 이 과정 중간중간에 나는 물어야 했다. 시작은 이렇게, "어머니, 제가 뭐 도와드릴까요?" 그러다 할 일이 떨어지면, "어머니, 저 뭐 할까요?"

　　　여기까지 의문문으로 시모에게 말을 걸었다면 다음에는 평서문의 차례가 왔다. 식사 뒷정리가 얼추 끝나고 과일을 내는 시간. 시모가 준비한 과일을 씻으면 그다음 내 대사는 정해져 있었다. "어머니, 과일은 제가 깎을게요." 입력해놓은 것처럼 내 입에서 내 것이 아닌 듯한 대사가 튀어나왔다. 시모가 과일 깎기를 멍하니 앉아 기다릴 수는 없는 노릇이었다. 이거라도 해야 할 것 같은 의무감에 강하게 사로잡혔다. 지금껏 나는 내 집에서 하루 종일 하는 것보다 더 많은 일을 한 시간 안에 했는데도 불구하고, 왠지 아무것도 안 한 느낌이 들어서였다. 요리도 시모가 다 해놓은 것을 나르기만 한 데다 설거지까지 남편과 같이 하거나 시모의 말림에 어쩔 수 없는 듯 물러난 상황이라면 더욱 그랬다. 그래서 "어머니, 과일은 제가 깎을게요"라는 말을 몇 번 해버렸더니, 이후부터는 자동으로 과일 접시가 내 앞에 세팅되었다. 물론 배려 깊은 시모는 언제나 다정하게 웃으며 말했다. "과일 좀 부탁해"라고.

　　　잘 씻긴 과일들과 칼이 내 앞에 자동으로 놓이자, 나는 스스로 나서서 "제가 과일 깎을게요"라고 했던 것은 잊어버리고 약간 어리둥절한 기분이 되고 말았다. 내가 왜 지금 이 집에서 이걸 앞에 두고 있어야 하지? 남편과 시부는 거실 소파에 앉아 있는데? 저들도 지금 아무 할 일이 없고 그저 텔레비전을 보는 중인데? 나는 왜 종종거리며 하는 일 없이 바쁘고 불편한 마음으로 시모 곁을 따라다녀야 하는 거지? 시모가 부엌을 벗어나지 않는 이상 나도 절대 어디로도 가지 못할 것 같은 기분은 뭐지? 과일 접시를 앞에 두고 왜 나는 불편해하면서도 한편으로는 할 일이 생겼다는 사실에 안도하는 거지? 거대한 부조리에 갇힌 것만 같았다.

> 정작 우리가 걱정했어야 하는 문제는
> 사과를 얼마나 능숙하게 깎을지가 아니라,
> 사과가 우리 앞에 놓일 때
> 어떻게 대처할지에 관한 것이었다.

과일을 깎겠다는 말이 자동으로 내 입에서 나가는 것을 어떻게 막을 것이며, 그 상황을 어떻게 이해하고 어떻게 소화시켜 어떤 행동을 해야 할지 고민했어야 한다. 나는 일상을 함께하고 싶은 사람을 만나 끝없는 대화를 통해 신뢰를 쌓아갔다. 간접적으로 보고 들은 그의 부모도 다정하고 선한 인상이었다. 하지만 결혼 생활을 고통에 빠뜨리는 것은 어떤 사람을 선택하느냐 하는 문제 밖에 있는 것 같다. 좋은 사람을 선택해서 안전한 결혼을 했어도 고통스러운 이유는 무엇일까? 아무렇지 않은 표정으로 이토록 촘촘하게 나를 옭아매는 부당함을 앞으로 대체 얼마나 맞닥뜨리게 될지 시가 부엌에서 과일을 앞에 둔 나는 아득해졌다.

착한 남자

대학 4학년 봄학기 시작을 며칠 앞두고 나는 홀로 제주 여행을 다녀왔다. 원하는 커리어를 막 정한 참이었다. 제주에서 나는 단단한 의지로 가득 차 있었다. 겨울방학 동안 마음먹은 계획들을 개학을 기점으로 펼쳐볼 예정이었다. 새 학기가 시작되자마자 교내 동아리에 들어갔다. 커리어 준비를 위한 첫걸음이었다. 그곳에서 제대 후 막 복학한 남편을 만났다.

남편은 나보다 한 학번 아래였다. 빠른 년생이라는 복잡한 시스템 때문에 나이는 같았지만 학교에서는 학번이 우선이니 (연하네 동갑이네 하는 싱거운 실랑이는 연애 후에나 있었고) 우리의 시작은 선배와 후배였다. 통상적인 젠더 권력과 나이(학번) 권력이 맞붙어 우리 관계는 꽤 균형이 맞았다. 그는 마르고 키가 컸다. 그리고 자주 웃었다. 가만히 있어도 웃는 것처럼 보이는 사람이었다. 뚱한 표정이 기본인 나와는 달랐다. 예의 바르고 친절했다. 권위적이지 않고 허풍 떨지 않고 투덜대지 않고 맑고 바른 사람으로 보였다. 나중에야 그의 다양한 면을 속속들이 알게 됐지만 어쨌거나 내가 본 것과 아주 다르지는 않았다. 껍질이 벗겨진 후에도 관계를 유지하는 데 필요한 궁극적인 핵심, 즉 타인에게 귀 기울이고 타인의 아픔에 공감하고 진심으로 타인을 위할 줄 아는 능력이 그에게 있었다. 결혼 후 그전의 모습으로는 예측할 수 없을 정도로 이기적으로 구는 남성들의 사례를 (굳이) 고려하면 내가 운이 좋았던 게 사실이다.

연애하는 동안 나는 대화에 필사적이었다. 지난 연애에서 굳게 다짐한 것이 있었다. 방어적이고 비관적인 성향으로 나와 상대를 상처 입히지 않겠다고, 관계를 지레 포기하지 않겠다고, 내 마음에 책임을 지겠다고 한 결심이었다. 그래서 그에게 끊임없이 묻고 나에 대해 끝없이 이야기했다. 내가 유일하게 믿는 건 대화, 오로지 대화뿐이었다. 그에게 실망스러울 때, 화가 날 때, 그가 의심스러울 때, 이해하기 어려울 때, 나는 물었다. 무슨 생각을 하고 어떤 감정을 느끼는지, 무엇을 원하고 좋아하는지를. 그리고 그에게 미안할 때, 고마울 때, 이해와 위로가 필요할 때, 나를 말했다. 그렇게 그와 5년 반을 지냈다.

그래서 나에게는 믿음이 있었다. 그를 알고, 그와 함께 있을 때의 나를 안다는 믿음. 그의 단점을 꼽자면 내게 너무 맞춘다는 점 정도였달까. 이래도 괜찮고 저래도 괜찮은 건 나의 특성이라고 생각했는데 오히려 친밀한 관계에서 나는 호불호가 명확했다. 대부분 내 의사를 따르는 그가 편안하면서도 가끔은 그것을 우유부단으로 치부하기도 했다. 그래도 자기 의견만 고집하는 독불장군보다는 경청하는 말랑함이 나았다. 그러한 특성이 그의 단순함에서 나오는 것도 알았다. 그는 해맑은 사람이었다. 매섭고 냉혹하더라도 현실을 있는 그대로 보여주는 게 낫다고 여기는 나와는 달리 따뜻하고 훈훈하게 끝나는 영화를 좋아하는 사람이었다.

지금 와 돌아보면 연애 시절 그의 태도에서도 약간의 신호는 있었다. 내가 짧은 바지를 입을 때면 그는 귀엽게 입을 내밀었다. 다른 남자들이 날 쳐다보는 게 싫다고 했다. 나는 그 말을 그다지 신경 쓰지 않았는데 '남자가 날 쳐다보는 것'이 무얼 의미하는지 정확히 몰랐기 때문이었다. 그냥 쳐다보는 것쯤 조금 불쾌해도 크게 상관없었다. 내 개성과 취향이 훨씬 중요했다. 내 다리를 쳐다보며 그들이 무슨 생각을 하는지 알게 된 것은 아주 나중에, 그들에 대한 미러링으로 그들의 실체를 접하게 되면서였다. 어쨌거나 지하철에서 남자들이 어떤 역겨운 생각을 갖든 누구도 내 옷차림을 단속해선 안 되는 것이다. 나는 계속 짧은 바지를 입은 채 그를 만났고 그에게 내 패션 철학을 설명했다. 그는 가끔 볼멘소리를 할 뿐이었다.

사랑하니까 결혼하자?

그가 청혼한 건 연애를 시작한 지 6개월 만이었다. 나는 학부의 마지막 학기를 보내고 있었다. 수업은 두어 개였으나 취업 준비를 위해 매일 학교에 갔다. 취업을 위한 모임도 갖고 공부도 했으나 무엇보다 학교에는 그가 있었다. 나는 그와 열렬한 사랑에 빠져 있었다. 매일 만났고 매일 보고 싶었다. 교제 기간이 짧을수록 상대도 관계도 완벽해 보이는 법. 나는 그를 전부 아는 듯이 느꼈고 우리의 완전한 사랑에 매료되어 있었다.

결혼은 최대한 늦게 하고 싶었다. 서른다섯이 좋겠다고 친구들에게 입버릇처럼 말해왔다. 십대와 이십대 초반의 우리에게는 서른다섯이 결혼 적정 나이의 마지노선이었던 것 같다. 드라마 ‹내 이름은 김삼순›의 주인공이 단 서른 살의 나이로 노처녀 취급을 받던 시대였다. 서른다섯 이후의 삶을 잘 상상하지 못했는데, 그 나이 여자의 모습은 대중매체에서도 잘 보이지 않았고 익숙하지 않았던 탓이다. 내가 아는 여자 인생의 흐름은 젊은 여자에서 엄마로 바로 건너뛰는 것이었다.

서른다섯이라는 숫자를 특정한 데에는 다른 이유도 있었다. 내가 좋아하던 어떤 교수의 영향이었다. 서른다섯에 결혼을 하니 이미 '아줌마'가 되어 있는 자신에게 아무도 간섭하지 못했단다. 시가도 자기를 어려워했으며 그 시절엔 양쪽 다 만혼이다 보니 양가 모두 자기 자식을 배우자로 맞아준 데 감사하고 환영하는 마음뿐이었다고. 들어보니 꽤 괜찮은 조건이었다. 그때는 의식하지 못했지만 나는 당시 결혼의 억압을 직감했나 보다. 서른다섯에 결혼함으로써 결혼과 관련해 발생할 수 있는 일체의 간섭을 거부하고자 했으니.

그렇지만 프로포즈는 근사했다. 우리는 스물넷이었다. 세상의 모든 이치를 안다고 여겼으나 지금 돌아보면 아무것도 몰랐다고 느껴지는 나이. 그때의 우리로서는 완벽한 청혼이었다. 그는 4년 후에 결혼하자고 했다. 내가 좋아하는 드라마의 대사를 인용하며 결혼을 전제로 사랑한다고도 했다. 기쁘고 벅찼다. 결혼의 실현 가능성 때문은 아니었다. 우리의 로맨틱한 놀이라는 걸 나는 알고 있었으니까.

　　　그날 밤 집에 돌아와 그에게 편지를 썼다. '지금 여기'의 내가 완벽한 확신으로 당신을 사랑한다고 썼다. 나에게 감정은 미래를 다짐할 수 없는 종류의 것이었다. 자연스레 두면 사라져버리기에 노력과 의지로 지켜내야 하는 것이 감정이라 생각했다. 그래서 영원히 사랑한다는 선언 대신에 영원히 함께하기 위해 노력하겠다고 썼다. 4년 뒤를 약속하는 게 지금 우리가 하는 사랑이라고 썼다. 정확한 뜻은 '미래에는 우리가 함께하지 않을지도 몰라, 약속 자체가 아니라 지금 여기서 우리가 약속했다는 것에 의미를 둘게'였다.

실망하지 않기 위해 기대하지 않는 게 나라는 사람이다. 그리고 그는 사랑 고백을 하는 순간조차 방어적으로 말하는 나를 따뜻하게 안아주는 사람이었다. 내 마음을 알고 이해하면서

동시에 그래도 본인은 그날이 오리라 믿는다고 말하는
사람이었다. 그게 나에게 위안이 되었다.

걱정은 있었지만

스물넷의 청혼은 진실했지만 현실적인 것은 아니었다. 우리는 '당신과 결혼하고 싶습니다'라는 말을 '당신을 사랑합니다'라는 뜻으로 사용했다. 결혼지상주의 문화에서 연애의 다음 단계로 결혼을 떠올렸을 뿐, 결혼이 무엇인지 사실은 몰랐다. 결혼은 많은 사람들이 권하고 실제로 하는 것이니 만큼 크게 해롭지는 않을 거라는 정도의 막연함으로 고려해보는 무엇, 언젠가 있을 수 있는 미래지만 현재의 화두는 아닌 것이었다.

그렇더라도, 연애하는 동안 결혼 후를 상상해볼 때가 있었다. 주로 관계가 좋을 때보다는 나쁠 때, 그에게서 안 좋은 습관이나 바뀌기 힘들 것 같은 기질을 발견할 때마다 작은 경고등이 켜졌다. '지금도 이런데 결혼하면 어떻게 되는 거지?' 사소한 실마리로 전체를 유추하는 탐정이 마음 한구석에 상주하며 그를 살폈다. 그가 속으로 꺼려지는 친구의 제안을 거절하지 못할 때, 비 오는 날마다 우산을 잃어버릴 때, 택시 기사에게 목적지를 말하는 타이밍이 택시 문을 열면서인지 문을 닫고 좌석에 앉은 후인지 나와 의견이 다를 때. 나는 그가 너무 천하태평하고, 자기 주관 없이 다른 사람에게 끌려 다니며, 나쁜 일이 일어날 가능성을 미리 제거하지 못하고, 일상에 주의를 기울이지 않아 사소하지만 중요한 것을 자꾸 놓치는 사람은 아닐까 의심했다.

여러 가설을 세우고 검증하는 과정에서 나는 깨달았다. 내가

못마땅해하는 그의 기질은 내가 좋아하는 그의 기질과 아주
밀접하게 연결되어 있다는 것. (그것들은 거의 같은 뿌리에서
나왔다. 그러니까 그는 낙관적이라서 항상 내게 용기를 북돋워
주었고, 미리 걱정을 사서 하느라 피곤해하지 않아 여유롭게
웃었고, 무던하기 때문에 까다롭게 점검하고 관리하는
내게 맞추었다.) 그리고 타고난 기질과 별도로 어떤 태도를
발달시켰는가도 중요하다는 것. (그가 나보다 좀 더 태평하고
무심하고 나쁜 일이 일어날 거라는 생각을 덜 하는 것에는 분명
남성 권력이 한몫하고 있다. 어쨌거나 그는 본인의 무심함을
받아들이도록 내게 강요하지 않았고, 내가 자신과 다르다고
비난하지 않았고, 뭘 그렇게까지 경계심이 많냐고 면박 주는
대신 '당신이 원한다면 내가 노력하겠다'고 말했다.)

그는 내게 귀 기울이는 사람이었다. 내가 택시 기사에게
목적지를 말할 때는 좌석에 앉은 후 차 문을 닫고 말해야 한다고
주장했을 때, 본인은 좌석에 앉기 전, 즉 차 문을 여는 동시에
목적지를 말해왔고 지금까지 아무 문제가 없었지만, 내가 왜
그렇게 생각하는지를 들었다. 내 성량으로 택시 기사에게
목적지를 단 한 번에 정확하게 전달 가능하도록 말하려는 이유가
무엇인지, 대부분이 중년 남성인 택시 기사가 보통 젊은 여성
승객을 대하는 태도가 어떤지, 그는 들었고 이해했다. 나의
이야기, 특히 나의 고통에 귀 기울이고 공감하려는 그의 의지는
결혼 후에 우리 관계를 유지하는 가장 강력한 힘이었다.

어쩌다, 결혼

결혼이 연애와 이어져 있기는 하지만 결코 연애의 연장선은 아니다. 연애와 결혼은 별개라거나 결혼은 현실이라는 말을 달가워하지 않았던 사람으로서, 이것이 어느 정도는 사실이라고 인정하는 일이 기쁘지는 않다. 결혼하면 사람이 갑자기 바뀌거나 한다는 얘기가 아니다. 사람이 바뀌지는 않는다. 그러나 그 사람의 어떤 모습을 주로 맞닥뜨리게 되는지는 바뀐다.

　　　생활을 함께하는 건 그 사람의 가장 좋은 모습만 편집해서 보는 연애와는 아주 다르다. 연애가 로맨스고 특별함이고 강렬한 감정이라면 결혼은 알람 소리에 힘겹게 눈을 뜨고, 씻은 후에 욕실의 물기를 닦고, 다 먹은 그릇을 설거지하고, 재활용 쓰레기를 버리고, 침대에 누워 휴대폰을 보는 잔잔한 일상이다.

　　　연애 때의 모습으로 결혼 생활의 모습을 유추할 수 있기는 하지만 많은 걸 유추하기는 어렵다. 결혼 생활이 어떤 것인지 명확히 알지 못한 상태에서, 그와의 결혼 생활을 정확하게 예측하기란 사실상 불가능한 일이었다. 그러니까 나는 결혼 후 그의 모습이 어떨지 거의 알지 못한 채 결혼했다는 게 맞을 것이다.

　　　나는 그가 물건을 있던 자리가 아니라 사용을 끝낸 자리에 둔다는 것을 알지 못했고, 화장실에서 칫솔을 꺼내오는 걸 나만큼 귀찮아한다는 것도 알지 못했고, 던져서 넣을 수 있을 만한 모든 것을 던져서 넣으려 시도한다는 것 역시 알지 못했다.

미리 계획을 세세하게 짜는 타입이 아닌 것은 알았지만 본인 부모와 만나는 자리에 가져가야 할 용돈이라든가 케이크 같은 것을 만나기 직전에 준비할 줄은 미처 몰랐다.

　　　　내가 결혼에 관해 맞게 예상한 것은 그와 함께 있다는 점뿐이었다. 만났다 헤어질 때면 늘 아쉬웠고 더 같이 있고 싶었고 약속을 정하지 않아도 만날 수 있기를 바랐다. 그때는 가능한 방법이 결혼 밖에 없다고 여겼다. 부모 집에서 홀로 독립하거나 그와 동거하기 위한 용기를 내는 것보다 결혼하는 용기를 내는 게 그때는 더 쉬웠다. 독립이나 동거는 부모를 포함한 여러 사람의 반대와 우려에 부딪힐 게 뻔했지만 결혼은 그렇지 않았다. 온 세상이 우리를 축복해주리란 것을 알았다. 축복으로 그치는 게 아니라 단 하루 결혼식을 치렀다는 이유로 나를 한 단계 성장한 사람으로 봐주리라는 것도 알았다.

서른 살이 다가올 무렵 나는 고등학교를 졸업하면 대학을 가는 게 당연했던 것처럼 (사실은 당연한 일이 아니고 당연하지 않은 세상이 있다는 것도 모른 채) 5년간의 연애 끝에 결혼하는 걸 자연스럽게 받아들이고 있었다.

내게 결혼이란 수행하면 인정받는 과제였다. 투두리스트$^{to do list}$ 항목 앞의 빈 네모 칸에 자신 있게 체크 표시를 하고픈 것이었다. 모두가 수행하는 과제를 빠짐없이 체크하며 넘어가야 한다는 의무감은 벗어나고 싶어도 쉽게 벗어나지지 않는 부담이었다.

사회에서 바람직하다고 여겨지는 가치들은 적극적으로
거부하지 않는 한 '어쩌다 보니' 따르게 될 가능성이 크다. 어쩌다
보니 우리도 결혼을 준비하는 단계로 나아갔다. 나는 부지런한
편은 아니지만 성미가 급했다. 먼 미래에 대해서는 느긋했지만
당장의 과제를 처리하지 않고 두는 것은 초조했다. 상대 부모를
한 번씩 만났고, 양가 부모를 함께 만났고, 식장을 잡고 집을
구했다. 집 전세 자금을 대출받기 위해 결혼식을 6개월쯤 앞두고
혼인신고를 했다. 그렇게 내게 법적 배우자가 생겼다.

　　　결혼 준비는 최소로 했다. 최소 항목과 최소 예산, 최소
시간과 최소 에너지가 우리의 원칙이었다. 결혼식을 큰일이
아니라고 생각하지는 않았지만 별일 아닌 것처럼 치르고 싶었다.

신부 입장

식장에 걸어 들어가기 직전까지도 나는 결혼식에 아무런
기대가 없었다. 나와 내 부모를 아는 모든 사람들이 모인 이
행사가 아무 문제 없이 끝나기만을 바랄 뿐이었다. 식이 길어
하객이 지루해하지는 않을지, 어서 식당으로 가고 싶은 하객이
불평하지 않을 만큼 빠르게 사진 촬영이 마무리될지, 하객이
식당으로 가는 길을 헤매지는 않을지, 식당이 너무 복잡하거나
음식이 부족하거나 맛이 없지는 않을지 걱정했다. 그러한 일을
방지하기 위해 사전에 모든 걸 확인했는데도 불구하고 말이다.
결혼식의 가장 큰 로망인 웨딩드레스를 고를 때도 나는 비슷한
태도였다. 얼굴과 팔뚝이 살쪄 보이지 않을지, 키가 너무 작아
보이지 않을지, 어르신들이 보기에 너무 화려하거나 동시에 너무
초라하지 않을지를 기준으로 두었다. 이 드레스가 나를 기쁘고
행복하게 해줘서가 아니라 나쁨을 피하기 위한 선택을 했다.
좋은 결혼식이 아니라 나쁘지 않은 결혼식이 최대 목표였다.
결혼식에 들일 예산과 에너지가 최소여야 하는 상황과 나의
방어적인 성향이 만난 결과였다.

심지어 나는 결혼식에서 싫은 게 아주 많은 사람이다. 청첩장과
식장 안내판에 무조건 신랑 이름이 먼저인 것이 싫다. 어떤
경우에도 남자가 여자보다 우선하는 존재임을 나타내는 관습
같아서. 신부는 막힌 대기실 의자에 갇혀 제대로 일어서지도
혼자서는 화장실에 가지도 못한 채 마냥 앉아만 있는 것이 싫다.

신부도 부모 및 신랑과 나란히 서서 하객들을 맞이해야 한다고 생각한다. 신랑은 평소 입는 정장에서 조금 더 멋을 낸 옷을 입는데 신부는 화려하고 거대한 웨딩드레스를 입는 모습이 싫다. 외모가 여자에게 중요하며 여자는 아름다워야 한다는 가치를 반영하는 것 같다. 신부의 순결을 강조하는 새하얀 드레스 색도 싫다. (물론 웨딩드레스는 사랑한다. 드레스를 입고서 매일 입고 다니고 싶다고 말했을 정도다.) 결혼식을 준비하는 과정에서 신부가 모든 의사 결정의 권한을 가진 듯이 대하는 관련자들의 태도가 싫다. 이 결혼식이 신부 인생의 가장 중요한 마지막 축제라는 듯이 구는 게 싫다. 웨딩 산업에서만큼은 신부가 세상의 중심인 듯 대접하며 현실을 기만하는 것을 보면 심사가 뒤틀린다.

식장에 신부가 아버지 손을 잡고 입장하는 것이 싫다. 삶에서 가장 중요했던 남성에게서 앞으로 가장 중요해질 남성에게 신부가 넘겨지는 것 같이 보이고 어느 정도는 사실이라 더 싫다. 사회의 지배 성별인 남성이 다른 남성에게 여성을 건넬 권한이 있음을 보여주는 의식이자 여성은 영원히 남성에게 종속된 존재임을 의미하는 제스처이고 결혼식이 아버지의 승인 아래 이루어짐을 강조하는 것 같다. 다행히 요즘에는 신부와 신랑이 서로 손을 잡고 입장하기도 하지만 나는 오래된 관습을 거부하지 못했다. 관습을 거부하는 데에는 큰 에너지가 드는데 그것이 특히 '아버지의 로망'과 같이 말랑한 말로 포장되었을 때는 더 그렇다. 아버지의 아쉬운 마음을 달래는 의미가 있다면 괜찮다고 나 자신을 설득했다. 내가 옳다고 믿는 가치를 실행할 의지가 부족했을 뿐이지만.

　　　사회와 주례를 남성들이 맡는 게 싫다. 남성이 진행하고 선언해야 결혼식에 권위가 부여되는 것처럼 여기는 게 싫다. 부케를 신부 친구에게 던지는 것도 싫다. 여성은 모두 결혼을 원하고 결혼을 빨리해야 한다고 전제하는 것 같아 싫다. 폐백을 신랑 친척 중심으로 진행하는 게 싫다. 여성이 남성의 집안에 소속됨을 상징적으로 보여주니까. 이렇게 내가 싫어하는 많은 항목들 중, 대망의 일등은 바로 주례사다. 결혼식에서 가장 긴 시간을 차지하는 하이라이트. 내용은 대개 이렇다. 주례는 신부에게 지혜롭고 현명한 아내가, 신랑에게 책임을 다하는 남편이 되기를 당부한다. 신부는 신랑이 항상 설렐 수 있도록 자신을 유지할 것, 신랑은 신부에게 의지할 사람이 되어줄 거라 서약한다. 신부 아버지는 딸에게 한 남자의 아내이자 한 집안의 며느리 역할을 잘할 것을 당부한다. 신랑 아버지는 며느리가 새롭게 우리 가족이 되어서 무척 기쁘고, 예쁜 딸을 곱게 키워서 보내주신 사돈어른들께 감사드린다. 바뀌지 않는 역할, 바뀌지 않는 당부. 이런 것들이 모두 따뜻하고 좋은 이야기들처럼 들리는가? 자연스럽게 느껴지는가?

　　나의 결혼식에 대하여 내 인상이 바뀐 순간은 식장에 첫걸음을 내디디던 때였다. 입장하는 문이 열리자 하객이 있는 양쪽은 어두웠고 나와 남편을 잇는 몇 미터의 곧은 길을 내가 좋아하는 노란 조명이 비추고 있었다. 식장에 들어서는 순간 저 멀리서 환하게 웃는 그가 보였다. 우리가 약속 장소에서 만날 때마다 그랬듯이 그를 보자 나는 웃음이 났다. 귀에는 아무 소리도 들리지 않았다. 나는 그저 나를 보며 웃고 있는 그를 향해 걸어가기만 하면 되었다. 그리고 이 걸음이 우리가 하루의 시작과 끝을 함께할 수 있는 지점으로 나를 데려가리라는 걸 알았다.

결혼식은 내가 그에게 다가가 우리가 영원히 만나는 것이었다. 물론 단 몇 분 동안의 환희로 결혼식의 무수한 불합리를 긍정할 수는 없으나 적어도 그런 순간이 없는 것보다 나았다. 시간을 들여 식장에 찾아온 고마운 사람들의 웃는 얼굴을 보고 덕담을 들으며 사랑하는 사람과의 관계를 공식적으로 인정받는 건 생각보다 즐거운 일이었다. 내 인생에 커다란 한 획을 긋는 행사가 맞았다. 그렇기 때문에 그때 나는 이것은 원하는 사람이라면 누구나 가져야 하는 기회라고 확신했다.

2 시가를 만나다

시부의 보험 증서, 시모의 레시피

의식에는 힘이 있다. 그걸 중요시하는 이들에게 특히 더 그렇다.
남편 부모는 우리가 혼인신고로 법적 배우자가 된 순간이나
둘이 같이 살 집을 구하고 전입신고를 한 순간보다 사람들
앞에서 결혼식을 올린 순간이 진정한 결혼의 시작이라고 여겼다.
결혼식을 마치자 그분들은 나에게 당부하고 싶은 것들을
전했다. 어쩌면 이제 가족으로 받아들인다는 뜻을 표현한 건지도
모르겠다. 그러나 남편 집안의 새로운 가족 구성원—한마디로
며느리—이 되는 경험은 안타깝게도 달갑지 않았다.

신혼여행에서 돌아와 시가를 처음으로 방문했을 때
시부는 준비해둔 파일을 꺼냈다. 파일의 수신자는 나였다.
나는 일단 인수인계를 받는 신입의 자세로 진지하게 들었다.
나와 남편이 부부가 되자마자 내게 전달하는 사항이니 중요한
것이겠거니 하고. 거기에는 남편의 보험 증서와 시부모의 생일이
적힌 쪽지가 들어 있었다. 그것은 내가 한 번도 상상해본 적 없는
임무였다. 시부가 친절하게 이것저것 설명해주는 동안 나는
얼떨떨한 기분을 떨칠 수 없었다. 파일은 나의 역할을 명확하게
가리키고 있었다.

*시가의 행사를 챙기고
남편의 신변잡기 문제를 담당하기*

시부의 전달 사항이 끝나자 시모의 차례가 왔다. 다들 방이나

화장실로 각자 볼일을 보러 흩어졌을 때였다. 아버지가 말씀할 때는 온 가족이 거실에 모여 앉아 경청해야 하는 공식적인 자리가 되는 것에 비해 어머니가 말씀할 때는 조금 더 편안한 상태로 들어도 되는 비공식적인 자리가 되는 건 한국 가정의 공통 방식인가 보다. 여자의 말이 남자의 말과 동등한 권위를 갖는 날이 올 때까지 나는 의식적으로 여자의 말에 더 귀 기울이려 한다. '자연스럽게' 있다 보면 어느 순간 나도 모르게 시모보다 시부의 의견을 중요하게 여길지도 모르니까. 그래서 나는 좀 더 열의 있는 태도로 시모에게 집중했다.

그동안 남편 돌봄의 대부분을 담당했던 시모는 내게 전하고 싶은 게 많았을 텐데, 며느리가 괴롭지 않도록 세심하게 배려하는 성정 때문에 본인이 가장 걱정하는 하나만을 당부했다. 그것은 바로 남편에게 자주 생기는 건강 문제를 완화하는 데 도움이 되는 민간요법을 전수하는 일이었다. 시모가 양배추를 활용하여 무언가를 만드는 법을 설명하기 시작했고 나는 주의 깊게 들었다. 시가에 처음 방문하여 긴장한 탓인지 시모의 말을 듣는 데에만 집중했을 뿐, 레시피를 내가 아니라 남편이 들어야 한다는 생각은 나지 않았다. 급기야 "어머니, 잠깐만요!"를 외치며 휴대폰 메모장을 켰다. 맙소사, 내가 레시피를 세세하게 받아 적은 것이다. 양배추를 어떻게 썰어서 몇 분간 삶고 하는 등등…….

나의 '며느라기'√ 시절이었다. 그분들과 잘 지내고 싶었고

그분들이 날 좋아하길
바랐다. 그동안 연장자들과
맺어온 많은 관계에서처럼
모범생이고 싶었다. 그러려면
좋은 며느리, 착한 며느리가

✓ 웹툰 『며느라기』에서 수신지 작가는 사춘기나 갱년기처럼 며느리가 되면 겪게 되는, 시가에 예쁨받고 칭찬받고 싶은 시기를 '며느라기'라고 명명했다. 보통 1, 2년이면 끝나는데 사람에 따라 10년 넘게 걸리거나 안 끝나기도 하며, "제가 할게요", "저한테 주세요", "제가 다 할게요!"라는 말을 주로 하게 된다고 한다.

되어야 했다. 그냥저냥 갈등 없이 지내는 게 아니라 시부모에게
사랑받으려면 그래야 했다. 시부모와 며느리라는 관계로
만나서 며느리 역할을 하지 않고도 시부모와 잘 지내는 방법은,
아쉽지만 없다. 시부모가 나에게 어떤 기대와 요구를 할지 잘
몰랐던 시절이었다. 나는 시부모를 기쁘게 하고 시부모에게
사랑받고 싶었다.

　　　　동시에 시부모를 향해 진심으로 웃고 싶었고, 마음
쓰는 일이 자연스럽기를 바랐고, 적어도 만나는 자리가 고역이
되지 않기를 바랐다. 그렇기에 '며느라기' 역할에 나를 지나치게
몰아세우지는 않으려 했다. 내 머리를 자꾸만 덮쳐오는 효라든가
도리 같은 말에 갇히지 않으려고 의식적으로 애썼다. 시부모를
이해하고 좋아하려고 노력해볼 테지만 정 안 되면 어쩔 수
없다고도 생각했다. 시부모를 기쁘게 하거나 화나지 않게 하려는
마음이 내게 무리가 된다면 결국에 그 관계는 진실하지도
이어지지도 않을 테니까. 내가 지치지 않을 정도를 계속해서
스스로 조율했다.

　　　　하지만 시부모의 기대와 요구는 항상 내가 예상하는
수준을 넘었고, 가끔 감당할 수 있다고 여겼던 일도 실제로
하고 나면 무리가 되기 일쑤였다. 시간이 지날수록 '어떻게 해야

내가 시부모에게 사랑받을 수 있을까'보다, '어떻게 해야 내가
시부모를 사랑할 수 있을까'를 고민하기 시작했다.

시모에게 민간요법을 전수받던 날처럼 변함없이 내가 쭉
'며느라기'에 머물렀다면 지금 시부모와 나의 관계는 어떨까?
시부모는 지금보다 나를 더 좋아할까? 시부모가 날 좋아한다는
것은 어떤 걸까? 나는 시부모에게 어떤 감정을 가지고 있을까?
남편은 아마 훨씬 편했겠지. 나의 희생이 점점 당연해져 갔겠지.
내가 견디기 위해 애쓰자고 다짐했다면 과연 나는 얼마나 버틸
수 있었을까? 다행히도 나의 '며느라기' 시절은 그리 오래 가지
않았다.

며늘애가 그러라고 하디?

어떤 이에게 며느리라는 틀이 씌워지는 순간
우리는 그를 며느리로 대해 본 적이 없음에도 불구하고
마치 잘 아는 것처럼 여긴다.
순식간에 그를 해석하는 방식을 정한다.
시가 입장이라면 말할 것도 없이
며느리라는 틀은 더욱 강력해진다.

결혼하고 얼마 지나지 않았을 때였다. 나는 당시에 으레 그랬던
것처럼 남편이 시부와 통화하는 소리에 귀를 기울이고 있었다.
시키지 않아도 자연스레 나오는 반응이었다. 며느리라는 틀에
잘 부합하는 행동 중의 하나였다. 아무 상관없이 제 볼일 보는
며느리보다 시부모의 목소리에 귀를 기울이는 며느리가 더
자연스럽게 느껴지니까. 지금은 그때와 달리 남편 전화기에서
시부모 목소리가 흘러나오면 의도적으로 신경 쓰지 않으려
하지만 그래도 여전히 어느 정도 신경이 쓰이는 건 어쩔 수
없다. 안 그러려고 해도 그렇게 되는 것은 며느리이기 때문인지,
아니면 자잘한 데에도 관심을 갖는 개인적인 성향 탓인지 확실치
않다. 내 입장에서는 아무리 가까이에서 내가 내 부모와 통화를
해도 내용을 궁금해하지 않는 남편이 신기할 따름이다. 그러나
남편이 무심 태평할 수 있는 데에 그가 남자라는 것, 사위라는
자리가 영향을 끼친다는 점은 분명하다.

거실에서 남편이 통화하는 소리를 들으며 침대에 누워 있었다.
시부와 의견 차이가 있는 모양이었다. 오늘 밤 먹기로 한 시간을
조금 늦추기 위한 통화였다. 점점 남편의 목소리가 커진다
싶더니 "뭘 ○○씨가 그러라고 해요?"라는 불만 섞인 외침이
들려왔다. 나는 그게 무슨 뜻인지 바로 알아들었다. 직접 듣지
않았어도 직접 들은 것처럼 생생하게 전해졌다. 침대에 누워
천장을 바라보며 생각했다. 대체 왜 나는 시가에게 이러한
존재가 되는 거지?

시부모 마음에 들지 않는 의견은 며느리에게서 나온 걸로 쉽게
의심받는다. 근거는 없다. 아니라고 아무리 말해도 자꾸만
허공의 며느리를 노려본다. 아들이 그러한 결정을 했을 리가
없다고 믿는다. '며느리는 우리를 좋아하지 않는다. 아들이 지금
이상한 소리를 하는 이유는 그 뒤에 숨어 있을 며느리 탓이다.
조종당하는 아들은 아무 잘못이 없다.' 시부모는 당신들의
아들을 스스로 허수아비 취급하는 게 아무렇지 않은 것 같다.
그분들이 바라보는 며느리라는 존재는 사람을 조종하는 데
상상할 수 없을 정도로 뛰어난 능력을 갖고 있는 것 같다.

"며늘애가 그러라고 하디?"와 같은 말을 반복해서 들으면 나
또한 고정관념에 갇힐 것 같았다. 시부모 눈치를 보게 될 테고
무엇보다 시부모를 좋아하기가 무척 어려워질 것이었다. 나는 이
편견을 잘 다루어야만 했다. 그런데 그런 편견을 어떻게 없앨 수
있을까? 그것이 가능하긴 할까?

　　　　물론 예외가 쌓여 편견을 무너뜨리기도 할 테다. 끝없이 무조건 인내하고 희생하는 고난의 세월을 보낸다면 며느리에 대한 고정관념이 사라지는 기적을 맛볼지도 모른다. 그런데 정말로 가능할지 확신할 수 없는 건 둘째로 치더라도, 아무래도 나는 헌신할 자신도 없고 헌신하고 싶지도 않았다. 그래서 잘 되든 안 되든 고정관념 자체를 부수는 시도를 해봐야겠다고 결심했다. 쉽게 바꿀 수 있다면 고정관념이라 불리지도 않겠지만 결혼 초의 나는 무척 의욕적이었다. 새로운 관계를 잘 만들어가고 싶었고, 내가 원하는 방향으로 만들어갈 수 있으리라는 희망도 있었다. 나를 내보이면 나를 알아줄 거라 여겼다. 대부분의 관계에서 그래왔듯 양쪽 모두 만족하는 방식을 찾을 수 있을 거라 믿었다.

밥을 먹고 들른 카페에서 시부에게 말했다. 남편의 통화 소리로 전해들은 "며늘애가 그러라고 하디?"라는 말에 조금 놀랐다고, 우리는 우리의 문제를 항상 의논하고 합의한 후 부모님께 말씀 드리니까 어떤 결정이든 저희 둘이 같이 내린 결정으로 봐주십사 하고 말이다. 공손하면서도 솔직한 태도를 유지했다. 말없이 내 말을 다 들은 후, 고개를 끄덕이는 시부모를 보며 나의 진심이 통했다고 생각했다. 시부모가 무슨 말이라도 해주길 바랐지만 나쁘지 않은 표현이라고 해석했다. 역시 터놓고 대화하는 것이 최선의 대응이라는 믿음을 확인했다. 내 뜻을 전했고 수긍하는 반응을 얻었으니 다시는 그런 말을 듣지 않을 터였다. 생각까지 바꾸지는 못하더라도 적어도 행동은 바꿀 것이라 여겼다.

그러나 나는 그때껏 내 의도대로 돌아가는 세상에서만 살아왔던 걸까? 말없는 끄덕임은 내가 받아들인 의미와 조금 달랐다. 그때 시부모는 무슨 생각을 했던 걸까? 솔직하다거나 공손하다기보다는 '당돌'하다고 느낀 쪽에 가까웠던 것 같다. 어쩌면 그 일이 있고 나서부터 그분들이 나를 '똑똑한 며느리'라고 칭하기 시작했는지도 모르겠다.

고부 사이 어색해질라

내 말이 받아들여지지 않았다는 것은 몇 주 안 되어 확인됐다. 시부모와 함께 다 같이 차를 타고 이동 중이었다. 아주 일상적인 상황, 가벼운 분위기였다. 남편이 무슨 말을 하니 이어서 시부가 약간 웃음기를 머금고 남편에게 말했다. "아들, 너 자꾸 그러면 고부 사이만 어색해진다." 말 안에 숨은 의미와 겹겹이 쌓인 사고의 과정을 낱낱이 해부하려면 시간이 조금 걸리겠지만, 그 말을 듣는 순간 내 몸은 또 한 번 얼어붙었다.

'고부 사이가 어색해진다'는 것이 나와 시모가 서로 동등하게 어색함을 주고받는 것을 뜻할 리 없다. 그보다 시모가 며느리를 못마땅해해서 관계가 서먹해지는 경우에 가깝다. 그래서 '고부 사이가 어색해진다'는 시부의 말은 기만이었다. 시모(를 포함한 시가)와 며느리 사이의 권력 차를 명확하게 아는 상태에서 '관계를 어색하게 만들고 싶지 않으면'이라는 말은 미움받고 싶지 않으면 알아서 잘하라는 게 진짜 의미였다.

이것은 경고였다. 남편이 자꾸 '그런 식'—그러니까 나를 위하는 방식—으로 행동하면 시부모는 아들이 아니라 며느리를 미워하게 될 거라는 경고. 시부모는 본인들과 나의 이해관계가 정반대라고 단정 짓고 있었다. 그분들이 내가 불편할 만한 요구를 계속하는 한 그것은 맞는 생각이었다. 그분들은 당신들의 요구가 나를 불편하게 하는 걸 알고 있었고 그럼에도 불구하고 자신들의 요구가 관철되는 게 더 중요했다. 시가와 며느리 간의 관계를 싸움처럼 여겼으며 아들이 며느리 편이라면 특히 시모가 못마땅하게 여길 거라 했다. 시부는 본인의 의사를 표현하는 데 시모를 앞세우고 있었다.

겉으로는 남편에게 하는 말이었지만 시부의 경고는 나를 향하고 있었다. "며늘애가 그러라고 하디?"라고 말했던 지난번에는 내가 남편을 조종하는지 확인하고 싶어 했으나 이제는 그것도 상관없었다. 내가 남편을 조종하는 건지 남편이 자발적으로 나를 위하는 건지 모르겠지만 고부 사이를 어색하게 만들고 싶지 않으면 남편이 나를 위하기보다 시부모의 마음에 드는 행동을 하도록 만들라는 뜻. 시부는 웃으며 말했지만 도저히 웃으며 들을 수 없는 말이었다. 그것은 농담을 가장한 위협이었고 나를 통제하기 위한 시도였다. 고부 사이가 어색해진다는 그럴 듯한 포장 안에 며느리를 미워할 거라는 칼을 숨겨놓고는 내 행동을 시가 입맛에 맞게 바꾸려는 시도였다.

시부모의 생각을 바꾸는 것에 처음엔 희망적이었으나 점점 회의감이 들었다. 내가 아무리 옳은 말을 해도 시부모의 가치 체계에서는 내 말이 옳지 않은 것 같다. 나는 어디까지 감당할 수 있을까? 다시 한번 비슷한 말을 듣는다 해도 견딜 수는 있겠지만 또 그런 말을 들을지도 모른다는 예상은 그분들을 만나러 가는 나를 조마조마하게 만든다.

시부모를 알아갈수록 그분들에게는 나의 의사소통 방식이 맞지 않는다는 걸 확인한다. 솔직지상주의자인 나는 그분들에게 내가 느끼고 생각하는 것을 직접 터놓고 말하고 싶지만 그분들은 그런 방식을 불편해한다. 그분들은 당신의 아들과도 그렇게 대화하기를 선호하지 않는다. 직설적으로 불편을 말하는 건 당신들에 대한 도전이고 비난이고 공격이라 여긴다. 아들조차 그럴진대 며느리가, 아들보다 더 당신들에게 복종하고 순응해야 할 존재가 그렇게 말하는 것은 그분들에게는 받아들일 수 없는 하극상일 뿐이다. 단순히 내 생각을 표현하는 것이라 생각하지 않는다. 내가 당신들을 무시하기 때문에 가능한 일이라고 생각한다. 우리는 영원히 평행선을 달릴 것만 같다.

내가 할 수 있는 일은 내가 받고 싶지 않은 대우를 명확히 밝힘으로써 겉으로라도 불편한 말을 듣지 않는 것이라 생각했다. 시부모의 생각까지 바꿀 수는 없더라도 내가 어떤 말에 불편해할지 알고 조심해주기를 바랐다. 그러나 그마저도 완벽하지 않다. 어떤 행동은 조심해도 모든 행동을 조심하지는 않기 때문이다. "며늘애가 그러라고 하디?"라는 말은 "아들, 너 자꾸 그러면 고부 사이만 어색해진다"는 말로 대체될 뿐이다. 그분들이 할 수 있는 말과 행동은 헤아릴 수 없이 많을 테니 내가 일일이 지적할 수도 미리 대비할 수도 없다. 예상치 못하게 나를 강타하는 것을 피하기란 불가능에 가까워 보인다. 거리를 두는 것 외에 마땅한 방도가 떠오르지 않는다. 그분들이 나를 며느리로서 대하는 태도를 알아갈수록 그렇다. 예의를 지키려

하지만 무례하고, 배려하려 하지만 배려가 충분하지 않다.
그분들의 눈꺼풀을 덮고 있는 며느리라는 렌즈를 걷어내고 싶다.
제발 나라는 사람을 봐달라고 외치고 싶다.

며느리가 미웠다 예뻤다

시부모와 만날 때마다 첫인사는 항상 몸의 안부에 관한 것이다. "살이 빠진 것 같다", "어디 아픈 거 아니냐", "지난번보다 얼굴이 좋아졌다"와 같이 말이다. 그런데 우리 입장에서는 그런 언급이 약간 랜덤처럼 느껴지는 게 사실이다. 나와 남편의 건강 상태에 그다지 변화가 없는데도 어쩐지 긍정적인 말이나 부정적인 말을 듣는다.

어느 날 식사 자리에서도 어김없었다. 시모는 지난 달에 만났을 때 내 얼굴이 너무 안 좋아 보였다며 시부가 걱정했다고 말한다. 나는 내 얼굴이 안 좋았는지도 몰랐는데 시부모가 걱정할 정도였구나 싶다. 그런데 오늘 보니 훨씬 좋아졌다고 다행이라고 한다. 그렇지만 마냥 감사할 수만은 없게 어쩔 수 없이 남는 찜찜함이 있다. 나의 건강을 살피는 시가의 마음을 전부 의심할 수는 없지만, 나에 대해 걱정하는 말을 들을 때면 함께 떠오르는 기억이 있기 때문이다.

내가 참석하지 않은 만남에서 시모가 남편에게 했다는 말에 나는 꽤 충격을 받았다. 시모는 남편의 얼굴이 좋아 보였는지 나빠 보였는지 몰라도 이러한 말을 했다고 한다.

> "아들 안색에 따라서
> 며느리가 미웠다가 예뻤다가 해."

시부모에게 며느리는 영원히 아들에게 종속된 존재, 아들을 위해서만 가치 있는 존재다. 모르고 있던 건 아니지만 확인 사살 당하는 기분이었달까. 며느리라는 존재의 핵심을 꿰뚫는 말이었으니 어떤 면에서는 교훈적인지도 모르겠다. 아들의 얼굴 안색이, 살이 빠지거나 찌는 것이, 몸과 마음의 건강 상태 모두가, 며느리의 책임이자 역할로 여겨진다. 나라는 사람에 대한 평가가 이렇게까지 종속적이어야 하나. 우리 아들이 너를 데려와서 고생시킬까 봐 걱정이라는 시가의 말 또한 마찬가지다. 남편이 나를 데려왔다는 개념 자체가 벌써 모욕적이라 나를 위하는 말이라도 기쁘지가 않다. '네가 우리 집에 시집 와서'로 시작되는 말을 들을 때마다 시부모의 시선에서 나는 남편에게 딸린 부속품임을 확인한다. 소중하고 조심스러운 부속품. '요새는 부속품도 기계 취급해줘야 한다면서? 오히려 내가 더 부속품 눈치를 본다니까.' 부속품은 결코 본체 이상으로 중요해질 수 없다. 부속품은 언제나 더 중요한 것을 위해 기능해야 하는 역할로 존재할 뿐이다. 뭘 그렇게 사소한 말들을 가지고 문제 삼느냐고 한다면 사소하니까 바꾸기도 쉽지 않겠냐고 말하겠다. 예민함이 둔하고 폭력적인 세상을 바꿀 것이다. 나는 나의 예민함을 훨씬 더 정교하고 날카롭게 가다듬고 싶다.

며느리를 오라 가라 할 권리

게다가 시부모는 당신들이 말하기만 하면 내가 그대로 따를
것이라고 생각한다. 시부는 주로 명령형으로 말하고 시모는
주로 청유형이나 의문형으로 말하지만 내게 선택권이 없다고
여기는 점에선 결국 같다. 시부모의 요구를 거절하려면 내게
아주 합당한 이유가 있어야 한다. 다른 사람의 부탁을 거절하는
보통의 합당함으로는 부족하다. 훨씬 더 완벽한 합당함이어야
한다. 그리고 이유가 무엇이고 얼마나 합당하든 상관없이 시가의
요구를 따르지 않겠다고 말하는 것 자체가 며느리에겐 대단히
힘든 일이다. 며느리는 시가에서 요구하는 일을 해야만 하는
사람으로 역할이 고정돼 있기 때문에 시가에 반하는 행동을
하기로 결정하는 과정은 나와 남편에게 쉽지 않았다.

시부모에게는 자식과 며느리에 대한 권리 의식이 당연한
일인지도 모른다. 독립적인 개인이라는 개념이, 관계와 위계와
역할로 살아가는 그분들에게는 존재하지 않을지도 모른다. 부모
역할을 위해서라면 개인적 욕구를 미뤄놓는 것에 익숙한 것처럼.
그러나 시부모가 지금껏 역할을 우선하며 살아왔다고 해서
나에게도 같은 걸 강요하는 게 정당한 일은 아니다. 당신들의
역할을 방패삼아 나의 결정권을 침범하는 행위를 변명할 수는
없다.

우리가 합의를 시도하기 전까지, 시가는 내게 많은 요구를 했다.

주말마다 만나기를 바랐고, 일주일에 한 번은 안부 전화 받기를
바랐으며, 시부모가 우리 동네 근처에 올 때면 나를 만나기를
바랐다. 남편이 없어도 나 혼자 시부모 친구 모임에 참석하기를
바랐으며, 등산 가기 전에 우리 집에 들러 커피 한 잔을 하고
싶어 했고, 함께 외식을 한 후에는 카페 대신 우리 집에서 차를
마시기를 원했다. 시부모가 우리 집에 오기로 한 날에는 내가
언제 퇴근 가능한지에 상관없이 집에 일찍 와 있기를 바랐다.
나는 시부모에게 나오라면 나와야 하는 사람, 언제든지 나오라고
부를 수 있는 사람, 아들과 상관없이 당신들을 대접해야 하는
사람, 시부모가 넓은 마음으로 아량을 베풀어야 시부모의 요구에
대한 거절이 용인되는 사람이었던 것이다. 며느리를 오라 가라
할 수 있는 권리가 있다는 생각, 나의 의사와 무관하게 나에
대해 간섭하고 요구할 자격이 있다는 인식, 며느리의 신체에
대한 권리 의식을 갖고 있었기에 머리를 짧게 자른 내게 이렇게
말할 수도 있었던 것이다. 머리가 긴 게 예쁘니 앞으로는 머리를
자르지 말라고.

시부모는 내게 당연히 요구할 권리가 있는 것처럼 행동한다.
시가와 관련된 일이라면 내가 언제 어디에 존재해야 하는지를
자신들이 결정해버린다. 나의 개인적인 공간을 넘나들고, 내게
다른 어떤 것보다 우선하여 시가를 위해 할애할 시간이 마련되어
있다고 여긴다.

결혼과 동시에 나는 내 몸에 대한 선택권과 결정권을 빼앗긴

48

기분이다. 시가에서 나는 며느리라는 존재에 갇힌다. 나의 역할은 시부모를 맞이하고 남편을 내조하고 아이를 낳는 데 한정되며, 시가를 위해 봉사하는 몸으로만 기능해야 한다. 여자는 결혼하면 남의 집 소유가 된다는 가부장적 인식을 일상적으로 맞닥뜨린다. 여성은 온전한 인간으로 설 수 없고 남편과 시가에 종속된 존재라는 시각이 너무나 뿌리 깊다.

유독 나에게만 일어나는 일이 아니다. 유부녀가 되었으니 옷차림을 좀 더 단정히 하라는 시가가 있다. 해외 출장이 잡힌 며느리에게 결혼한 지 얼마 안 되었으니 출장 가지 말고 집에서 아들 밥을 챙겨주라는 시가도 있다. 며느리가 며느리로서, 아내로서 도리를 다 하지 않는 한 며느리는 어디로도 갈 수 없다. 여성의 신체에 대한 권리는 본인보다도 그를 '소유'한 남자와 남자의 가족, 넓게는 사회에까지 속하는 모양이다. 아이를 낳을지 말지, 아이를 누구와 언제 어떻게 낳을지를 결정하는 가장 기본적인 권리까지 침해한다. 가임기 지도를 만들어 출생률을 높이려는 국가는 말할 것도 없고, 나이가 많으니 하루라도 빨리 임신하라고 재촉하는 시가, 임신을 위해 자궁 질병을 당장 치료하거나 치료를 미루라고 하는 시가가 그렇다. 건강상 제왕절개가 필수적인 며느리에게 태아의 지능이 낮아진다는 비과학적인 이유로 자연분만을 고집하는 시부모가 텔레비전에 떡 하니 나오는 지경이다. 며느리의 생존을 위협하는 출산 방식을 고르는 것이 마치 토론 가능한 영역인 듯이 다룬다. 가부장제 사회에서는 여성의 신체에 대한 권리가 여성 자신에게

있는지 다른 사람에게 있는지를 논의해보자는 듯이, 사람마다
생각이 다를 수 있고 그 다름을 존중해주어야 한다는 듯이,
양쪽에 모두 타당한 근거가 있는 듯이 군다.

> 시부모는 며느리에게
> 묻고 있을 때조차, 묻지 않고
> 요구한다.

다가오는 시부 생일에 시부 친구들과 다 함께 식사를 '해야
한다'고 통보받은 날, 부드럽게 거절했지만 나는 속으로
폭발해버렸다. '도대체 내 인생에서 당신이 어떤 자리를 당당히
차지한다고 여기기에 내가 당신 친구들과의 생일파티에
참석하길 바란다는 말을 제안도, 요청도, 부탁도 아닌, 권위적
명령조로 일관하는 것인가? 당신은 왜 당연하다는 듯이 나의
결정권을 침범하는가? 왜 나를 좌지우지할 권리가 당신에게
있다고 생각하는가?' 내가 언제 어느 곳에 어떤 모습으로
있을지를 결정하는 건 오로지 나 자신이어야 한다. 나의 몸, 나의
의지, 나의 판단이다. 나에게는 권리가 있다. 나를 결정할 권리,
자유로울 권리. 이러한 권리가 없다면 나를 독립된 개인이라
여길 근거가 없다.

아들집 놔두고 카페를 왜 가냐

흔히 결혼을 하면 비로소 자식이 부모로부터 완전히 독립한 것으로 본다. 그런데 온전한 독립으로서 결혼을 한 이후에 오히려 독립적인 공간이 전혀 보장되지 않는 것은 무슨 까닭일까? 자식의 집에 마음대로 드나드는 것으로 자식에 대한 영향력을 확인하려는 욕구를 가진 부모가 있다.

　　시부모가 집에 찾아오는 걸 며느리가 반기기 어렵다는 걸 알면서도 꼭 집에 들어오려는 시부모는 아무래도 자신의 권력을 확인하고 싶어 하는 것 같다. 며느리에 대한 권력 확인욕은 아들에게보다 더 강하게 발현된다. 아들이 "내 방 치우지 말랬잖아! 아무도 내 방에 들어오지 말라고!"라며 소리 지르던 과거는 기억나지 않는 듯, 내킬 때마다 아들 집에 드나들지 못하는 상황을 맞닥뜨리면 모조리 며느리에게로 비난의 화살을 겨눈다. 과거를 기억에서 지우는 건 아들도 마찬가지다. 부모가 나 없는 내 공간에 아무 때나 들어오도록 하는 게 자식 된 도리인 마냥, 살면서 부모에게 단 한 번도 싫은 소리를 해보지 않은 자식인 것처럼 순진한 얼굴로 난감해한다.

"시부모가 집 비밀번호를 가르쳐달라고 하면 뭐라 해야 될까요?"
"집에 없을 때 반찬을 가져다준다는데 어떻게 해야 하죠?"
기혼자에게서 자주 들을 수 있는 질문이고 질문의 주체는 주로 여자다. 관계 안에서 문제를 인식하고 해결을 고민하고 실제로 개선하려 노력하는 건 대개 약자의 몫이니까.

집 비밀번호를 둘러싸고 며느리들은 골머리를 앓는다. 정리되지 않은 평소의 집을 시부모에게 보이고 싶지 않은 데다 반찬을 두고 가는 일이 한 번뿐일 거라는 보장도 없다. 게다가 시부모가 집을 방문할 때 매번 집을 비우고 있기도 애매한 노릇이다. 시부모 방문 일정을 조정하는 건 친구와의 약속을 잡는 것과는 다르다. 내 사정을 들어 거절하기가 쉽지 않다. 물건을 경비실에 맡기라거나 현관문 앞에 놓고 가시라는 것도 영 찜찜하다. 분명 매정하고 싸가지 없는 며느리가 될 것을 안다. 그런데 옆에서 남편이 "잠깐 들어와서 두고 가신다는데 뭘 그렇게까지 해? 앞으로는 안 그러실 거야, 내가 이제 오시지 말라고 얘기할게. 여기까지 오셨다는데 그럼 어떡해? 다시 가시라고 할 수도 없잖아"라며 태평한 소리나 하고 있다면, 분노하거나 짜증내지 않고 남편과 대화를 이어가는 것만으로 그는 이미 성불이나 마찬가지다.

전통적인 부모 자식 관계가 무례로 점철되었다면 그 전통을 따를 필요는 없을 것이다. 전통을 따른다면 누군가가 고통받지만 전통을 따르지 않으면 누군가가 아쉬운 상황일 때

고통을 참으라는 요구와
아쉬움을 참으라는 요구 중
어느 것이 더 폭력적일까.

마음을 편히 먹고 억압을 고통으로 여기지 말라고 한다면, 좋게

좋게 생각하라는 말은 왜 항상 약자를 향하는지 묻고 싶다.

집에 오니 부엌 상부장에 식기 건조대가 달려 있다. 얼마 전부터 시부모가 말했던 그것이다. 식기 건조대를 싱크대 위에 두고 쓰지 말고 시가 부엌처럼 상부장에 달아서 쓰면 훨씬 편하다는 말이었다. 처음에는 나쁘지 않겠다고 생각했지만 아무래도 내 눈에 아름답게 보일 것 같지가 않았다. 지금 쓰고 있는 하얀 건조대는 크기도 작으면서 상부장에 다는 것에 비해 자리도 더 차지하지만 그래도 역시 마음에 들었다. 괜찮다고, 지금 가진 것으로도 충분히 쓸 만하다고 여러 번 의사를 밝혔다. 그럼에도 시가의 추천이 계속되자 나중에는 인테리어를 위해서 지금 이대로가 좋다고도 말했다.

알겠다는 답을 들었고 내 의견이 받아들여진 줄 알았다.
어느 날 갑자기 우리 집 부엌에 달려 있는
새 건조대를 보기 전까지.
그것은 이미 못으로 단단하게 고정되어 있었다.

놀라 서 있는데 시부의 말이 들렸다. "마음에 안 들면 떼어갈 테니까 말해라." 시부모의 친절은 자주 초점이 어긋난다. 전기라든가 전선 정리 같은 걸 해주러 시부모가 종종 우리 집을 방문할 때였다. 시부가 그 분야에 준전문가인 덕분이었다. 도움에는 항상 간섭이 따라올 수밖에 없는 걸까?

블라인드를 달아주러 오신 김에 식기 건조대까지 달아주신 것도 그저 배려의 마음에만 집중해 감사해야 하는 걸까? 내가 원하지 않았고 원하지 않는다고 분명하게 말했지만 내 의견은 별로 중요하지 않은 걸로 넘겨지고 나보다 시부모의 판단이 우리 집 구성에 더 중요하게 작용한 것을 감수해야 하는 걸까?

아들집 놔두고 카페를 왜 가냐는 시부의 말을 들으면 이 집 지분의 일정 정도가 시가에 있는 것 같다. 나는 그분들에게 내 집의 지분을 준 적이 없지만 애초에 그분들에게 나는 지분을 관리하는 사람이 아닌지도 모른다.

　　　　어떤 사람들은 부모의 금전적 지원을 받았다면 원치 않는 간섭 또한 피할 수 없다고 말한다. 그러나 내 경우 대부분 은행 대출과 일부는 내 부모의 도움으로 전셋집을 마련했는데도, 집에 대한 간섭은 내 부모가 아니라 시가에게서만 왔다.

　　　　경제적 지원과
　　　　집에 대한 권리 의식은
　　　　아무 관련이 없다.

경제적 지원이란 결혼할 때 남자가 집을 마련한다는 고정관념에 따라 딸보다 아들에게 집을 마련해주려는 부모의 노력 덕에 많은 경우 꽤 합리적인 이유처럼 보이지만 실상은 그저 대기 좋은 핑계일 뿐이다.

　　　　아무도 없는 우리 집에 두고 갈 것이 있다는 시부모에게 현관 옆 보일러실에 물건을 두고 가라고 말하는 건 쉬운 일이 아니다. 그분들은 우리가 무방비한 상태의 빈집에 시부모를 초대하는 것을 거절한 게 아니라 그분들의 존재 자체를 거절한 것처럼 생각한다. 그분들에 대한 애정이나 선의와는 무관하다는 걸 받아들이지 않는다. 우리 집 비밀번호를 아는 게 당신들이 존중받는 증거라 여긴다. 시가는 종종 우리 집에 대한 소유권을 가진 것처럼 주장하고 우리 집에 대해 우리와 당신들이 같은 권리를 갖는다고 여긴다.

냉장고 문은 열지 마세요

시부모가 우리 집에 방문하는 일정이 잡히면 나는 꼭 어렸을
적 교실의 환경미화를 하던 날로 돌아가는 것만 같다.
교육청이라든가 어디 높은 곳에서 학교에 심사를 나온다며,
마룻바닥에 왁스를 발라 손걸레질을 하고 하얀 천이
새까매지도록 창틀의 먼지를 닦고 교실 뒤쪽 게시판에 그럴싸한
글과 그림을 걸어놓아야 했던 날이 떠오른다. 평소 우리의
생활과는 관계없이 오로지 보이기 위해 쓸고 닦고 꾸미던 순간.
혹시나 작은 흠집이라도 잡혀 점수가 깎이지는 않을까 불안하고
긴장되던 기분.

　　　　시부모가 특별한 일 없이는 우리 집에 들어오지
않기로 합의하기 전까지 몇 달간, 그분들은 종종 우리 집을
찾았다. 방문의 이유는 다양했다. 근처에 들렀다가, 무엇을
전해주러, 만나기로 한 날에 사 온 과일을 건네주러, 집에
무엇을 설치해주러……. 당장은 불가피해 보이지만 사실 반드시
그래야만 할 필요는 없는 이유들이 자주 생겼다.

　　　　그럴 때마다 나는 집 안 구석구석까지 심사받는 기분을
떨칠 수 없었다. 그래서 언제나 시부모가 도착하기 직전에
한 번 더 청소기를 돌렸다. 단 몇 분 안에라도 떨어질 수 있는
머리카락의 흔적도 남기지 않기 위해서였다.

엄마 집의 세면대가 늘 깨끗한 상태였다는 것도, 그것이
매번 엄마의 노동으로 가능했다는 것도, 내가 화장실을

관리해보고서야 알았다. 세면대에는 자꾸 머리카락이 떨어지고 쉴 새 없이 먼지가 내려앉는다. 새까만 먼지는 하얀 세면대 위에서 더욱 존재감을 뽐낸다. 내 식대로라면 며칠씩 두고 보다 결국 욕실 청소하는 날이 되어서야 치우는 것들이다. 지저분한 세면대를 볼 때마다 이래서 엄마가 날 보고 게으르다고 하는 걸까 생각해본다. 그렇지만 엄마가 알려주는 대로 손 씻을 때마다 세면대까지 같이 닦는 부지런함은 도저히 익숙해지지 않는다. 잠깐 속으로만 '으' 하고 넘어간 다음, 정해진 날에 닦아내는 게 내게는 훨씬 에너지가 덜 드는 방식이다. 그러나 시부모의 방문을 앞두고는 화장실에 들르는 족족 세면대의 먼지 한 톨까지 없애고 또 없앴다. '엄마가 나의 이런 모습을 보면 절대 게으르다고는 못 할 텐데'라고 생각하면서.

또 시부모가 냉장고 문을 여는 것도 이렇게 부담되는 일인 줄 미처 몰랐다. 냉장고 안에 신선한 야채와 과일이 있어야 하고, 오래 묵어 버릴 때가 가까워진 재료가 없어야 하고, 밥을 잘 해 먹는 흔적이 있어야 한다는 부담감이 나를 압박했다. 며느리가 아들에게 평소 밥을 잘 해 먹이는지, 영양가 있고 건강한 식단을 준비하는지, 냉장고 속 재료들로 순식간에 판단이 내려질 것이기 때문이었다. 실제로 요리를 하는 건 나보다 남편 쪽이고 끼니를 챙기는 것이 내 책임이라는 데에도 결코 동의하지 않지만, 결국 평가받는 건 나라는 것을 알기에 자유롭지 못했다. 나는 시부모의 생각을 잘 알고 있었고 어떤 식으로든 흠잡히고 싶지 않다는 욕구가 강했다.

　　　　나는 여전히 '며느라기'였던 걸까. 아니면 부당한
비난이라도 비난받는 것을 견디지 못하는 탓일까. 시부모가
오기 전날인데 과일이 얼마 안 남아 있으면 일부러 안 먹고
남겨두기도 했다. 스스로 좀 과하다 싶어도 자연히 그렇게
되었다. 물론 나의 시모는 냉장고에 과일이 없는 걸 보면
안타까워하며 다음번 만날 때 과일을 사다 줄 분이라는 걸
알지만, 안타까움과 비난의 마음을 동시에 가질 수 있다는 것도
알았다. 텅 빈 냉장고를 내 엄마에게 보이는 것과 시모에게
보이는 것은 결코 같지 않았다.

반면 남편은 언제나 무덤덤했다. 시부모가 방문하든 내 부모가
방문하든 남편에게는 다를 것이 없었다. 시부모 방문에 내가
갖는 부담을 (내가 설명해서) 알기 때문에 청소나 집 정리를
같이 하긴 했지만 나처럼 먼지 한 톨에 강박을 가지지는 않았다.
덜 정리된 집에 대해 남편에게 책임을 물을 사람은 아무도
없으니까. 엄마마저 나를 타박한다. 설거지 이거 얼마나 된다고
미뤄놨냐며 엄마가 빨리 해주겠다고 소매를 걷어붙인다. 내
엄마는 겉으로 욕하고 시모는 속으로 욕하는 차이만 있을 뿐
책임이 내게 돌아오는 건 같으니 나는 어깨가 무거워 죽겠다.

어느 때는 세상이 바뀌는 것 같다가도 또 어느 때는 아무것도
변하지 않는 것만 같다. 시부모가 남편에게 "며느리 힘들지 않게
너도 집안일 잘해"라고 말할 때, 그리고

"둘 다 일하는데 집안일도 같이 해야지"라고 말하면서도
재워온 불고기를 어떻게 조리하는지 나에게만 설명할 때.

집안일의 일차 책임을 내게 지우고 있음을 알게 된다. 그리하여
나는 빨래 바구니가 너무 꽉 차지 않았는지까지 점검하며 신경을
곤두세운다. 시부모의 방문이 부담스럽지 않을 도리가 없다.

시가 스타트업

날이 쌀쌀해지기 시작하면 마음이 무거워지는 여자들이 있다. 야채 가게에서 김장용 배추를 홍보할 무렵. 김장의 의무가 없는 나 같은 사람에게는 '벌써?' 싶은 그즈음 엄마는 김장 날짜를 잡는다. 나의 '벌써?'에 악의는 없지만 엄마 입장에서는 조금 짜증이 날지도 모른다. 김장이 내 삶의 중요 과제가 아니라서, 김장 따위 잊고 살아도 아무 상관없기에 뱉을 수 있는 속 편한 소리일 테니까.

가서 도와야 한다는 생각을 안 하는 것은 아니다. 다만 게으름과 가봤자 별 도움이 안 될 거라는 합리화, 괜찮다는 엄마의 손사랫짓으로 나의 부채감은 금세 가벼워진다. 아무 액션도 취하지 않은 채 여러 상념을 머릿속으로만 반복하는 바로 그 무렵, 남편 어머니에게는 다른 종류의 죄책감이 올라오는 것 같다.

시모는 내게 자꾸만 김장을 못 해줘서 미안하다고 말한다. 여태까지 시모의 삶은 김장과 거리가 멀었지만 어쩐지 아들이 결혼하자 김장을 의식하기 시작한다. 내 엄마야 교류 잦은 아빠 집안의 실질적 맏며느리 역할을 도맡아 하느라 할머니와 같이 여러 집의 김장을 한꺼번에 해야 하는 전통적— 다른 말로 착취적—인 상황에 처해 있지만 시모는 사정이 좀 다르다. 몇 집의 김장을 책임질 필요도 없고 맞벌이 기간도 길었고 주변에서 자주 김치를 얻기도 한다. 내가 가족 구성원에 추가되었대도 원래 있던 가족 세 명에 입 하나 늘었을 뿐이고 그

입조차 시모의 책임이 아니다. 그런데 시모는 내게 김장을 하려 해봐도 엄두가 안 난다며 변명하듯 말한다. 며느리가 들어왔으니 당연히 해야 하는 일인 것처럼. 당신을 날라리 시어머니라 칭한다. 나로서는 어리둥절한 기분이다. 지금까지 몇십 년간 유지해 온 라이프스타일이 왜 아들의 결혼으로 갑자기 바뀌어 대량의 김치가 필요하다고 여기는지 의아할 뿐이다.

미깡의 웹툰 『하면 좋습니까?』에도 비슷한 장면이 나온다. 결혼을 고민하는 한 커플이 있다. 남자 집안에서 몇 월 며칠을 김장데이로 선포하고 그들을 집으로 부른다. 여자가 남자에게 물어보니 지금까지 김장데이라는 건 없었는데 이번에 새로 만들어졌단다. 며느리가 생길 예정만으로 지금껏 안 하던 김장을 시작하며 여자의 참석을 당연하게 요구한다.

집안에 며느리가 생기면 갑자기 가부장적 행사가 시작되는 현상. 이러한 현상을 일컬어 재치 있는 사람들이 '시가 스타트업'이라는 이름을 붙였다. 여기에는 제사, 명절, 김장 같은 것들이 포함된다. 전통적인 가정 행사에서 비교적 자유롭던 집안도 '며느리가 들어오면' 분위기가 사뭇 달라진다. 그러고는 지금껏 생략하거나 존재하지 않았던 전통 행사에 점차 시동이 걸린다. "우리 집은 제사 안 지내"라는 남자친구의 말 속에는 발화자조차 모르지만 '지금은'이라는 단서가 붙어 있는 셈이다. 지금 없는 집안 행사가 생겨나지 않을 거라 장담할 수 없다.

연애하는 동안 들은바, 남편 집안에 소위 가부장적 행사는 없었다. 명절 일정도 간단했다. 집에서 여유롭게 쉬거나 영화를 보러 간다고 했다. 명절 하면 흔히 떠오르는 음식노동도 불편한 친척을 억지로 만나야 하는 감정노동도 없었다. 보고 싶은 친척, 주로 어머니 쪽 친척을 만나 편안하고 단출하게 시간을 보낸다고 했다. 거창한 차례상도 화려한 음식도 없이 다정한 사람들만 있었다. 아주 합리적으로 느껴졌고 이것이야말로 명절의 본래 의미를 다 하는 것 아닌가 싶었다. 명절이란 번거롭고 북적북적하고 누군가는 반드시 무리해야 하는 우리 집과 달라 더 비교가 되었다. 남편 집안에서 명절을 보내는 방식은 내게 이상적으로 보였다.

그러나 결혼 후 맞은 첫 명절에 모든 것이 달라졌다. 시부가 남편의 큰집, 그러니까 당신의 큰형 집에 다녀오자고 했다. 평소에도 차로 7시간쯤 걸리는, 명절에는 얼마가 걸릴지 알 수 없는 곳, 가는 길이 멀고 고단해서 시부모도 소원했던 곳이었다. 남편 가족이 기존에 명절을 보내던 방식과는 전혀 달랐다. 첫 명절이니까 남편 집안 친척들에게 인사드리는 게 '도리'일 수 있겠으나, 그 도리는 누구를 향하고 누구를 외면하는가. 시모의 가족을 찾아뵙거나 내 일가 친척들을 만나는 일정은 필수일 수 없다.

결혼 전의 내가 '시가 스타트업'이라는 단어를, 그 뜻을 알았다면 눈치라도 챌 수 있었을지 모른다. 그러나 나는 결혼이라는 사건이 한 집안의 관습을 바꿀 만한 일이라고 생각하지 않았다. 그것도 훨씬 더 보수적이고 가부장적인 방식으로 말이다.

한편 딸이 결혼했다고 하여 제사니 명절이니 하는 걸 갑자기 시작하는 집안은 없다. 사위가 집안 행사에 반드시 참석하여 노동력을 제공하길 요구하지도 않는다. 소위 처가 스타트업은 존재하지 않는다.

그러니까 '시가 스타트업'은 사위가 아닌 며느리가 주인공인 현상이다. 결혼 후 처음 맞는 시부모 생일에 며느리가 직접 끓인 미역국을 원하는 시가를 떠올리는 건 어렵지 않다. 시부모는 애정이나 존경의 표현으로서 며느리의 미역국을 원하는 게 아니다. 생일상이 진정 애정의 표현이었다면 자식에게 먼저 기대해야 더 마땅할 테니까.

며느리가 들어오고 나서야 조상을 기리는 마음을 제사로 표현해야 한다는 신념이 갑자기 생길 리도 없다. 갈비찜, 생선전 따위의 명절 음식을 갑자기 좋아하게 되지도, 겨울철에 대량의 김치를 저장해놓고 먹어야 할 필요성이 생기지도 않는다. 그러니까 자식에게는 요구하지 않던 생일상이며 제사상이며 김치를 요구하는 '시가 스타트업'은 며느리를 노예로 간주하고 임무를 부여하는 행위인 것이다.

'시가 스타트업'은 본질적 필요 때문이 아니라 도구적 필요에 의한 것이다. 바로 가장의 권위를 세우는 일이라는 면에서 그렇다. 남성의 집에 남성 혈연을 중심으로 모이고, 이에 부수적으로 묶인 여성들이 남성들을 위해 노동한다. 많은 수의 조상에게 제사를 지낼수록, 많은 수의 친척이 명절에 모일수록 남성은 가부장으로서의 권위를 획득한다. 부엌은 여자들로 북적이고, 방마다 아이들이 모여 놀고, 거실에서는 남자들이 여자들이 차려낸 음식과 술을 들며 이야기를 나누는 것. 어쩌면 모든 가부장의 로망일지도 모른다.

그러나 그런 식으로 권위를 세우던 시대는 지났다고 말하고 싶다. 제사를 간편하게 지내거나 없앤다고 떨어지는 권위라면 애초에 그 권위라는 게 무슨 의미가 있을까. 명절에 집안 여자들을 착취하여 음식을 받아먹는 게 그들이 말하는 권위라면 그 권위는 떨어져야 마땅하지 않을까.

똑똑한 며느리

"우리는 못 배웠지만
너는 똑똑하니까 알아서 잘 하겠지."

며느리를 수식하는 '똑똑한'이라는 형용사는 정확히 어떤
의미일까? '똑똑하다'라는 단어를 사전에서 찾아보면, 1.
또렷하고 분명하다 2. 사리에 밝고 총명하다 3. 셈 따위가
정확하다를 뜻한다. 그렇다면 '똑똑한 며느리'의 의미도
'똑똑하다'의 사전적 정의를 적용해 이해하면 되지 않느냐고?
여성의 똑똑함은 그렇게 단순하게 해석되지 않는다.

난생 처음 만나는 사람들이 갑자기 가족이라는 끈으로
묶였으니 서로에 대해 아는 것이 거의 없었다. 내 생각과 가치를
시부모에게 전달하는 과정에서 가장 어려웠던 건 내 뜻을 최대한
간접적이고 부드러운 방식으로 표현해야 한다는 점이었다.
혹시라도 내 생각을 말하는 것이 무례하거나 건방져 보이지는
않을지, 똑똑한 척을 하는 건 아닌지, 길고 긴 자기검열을 거쳐야
했다. 약간의 자기주장만으로도 여자는 너무 쉽게 고집 세고
피곤한 여자가 되어버린다는 것을 아니까. 나는 누구에게든 그런
인상을 주지 않으려 애써왔고 시부모에게도 예외는 아니었다.
　　　남편이 퇴사를 앞두었을 때 회사를 관둔다고 한 사람은
내가 아니라 당신들의 아들인데도 어찌된 일인지 시부모는 내게

전화를 걸어왔다. "너(희)는 똑똑하니까 알아서 하겠지만"으로 시작된 통화의 요지는 남편을 말리라는 거였다.

그분들은 남편의 퇴사에 대해 우리 부부의 합의가 있었는지 없었는지 혹은 내 의견이 어떤지 고려하지 않았다. 그저 자신들의 뜻을 아들에게 관철시키는 데만 열중하였다. 이미 결정을 내린 아들에게 본인들이 영향력을 행사하기 어려우리라는 것을 아는 시부모는 대신 며느리에게 영향력을 행사하기 시작했다. 여러모로 의아한 상황이었다.

우리가 오랫동안 함께 의논했음을 밝혔고 더구나 '너도 찬성하느냐'는 시부모의 반복된 물음에 그렇다고 수차례 대답했음에도 불구하고 내 의사와 반하는 내용을 남편에게 설득하라는 건가? 내 생각과 다르더라도 시부모가 어떤 주문을 하면 내가 무조건 시부모의 말에 따르리라고 여기는 건가? 이미 시부모가 남편에게 당신들의 의견을 충분히 말했음에도 불구하고 남편이 생각을 바꾸지 않았는데, 내가 시부모의 뜻을 전달하면 남편이 바뀔 거라 예상하는 건가?

시부모는 나의 의사를 존중하지 않을 뿐 아니라 나에 대한 시부모의 영향력과 남편에 대한 나의 영향력을 과대평가하고 있었다. 알아서 하겠지만 알아서 하지 말라는 모순을 말하고 있었다.

> 시부모는 내가 당신들의 뜻대로
> 행동하기를 요구하는 말 앞에
> 자꾸만 나의 똑똑함을 붙였다.

그리하여 "너는 똑똑한 며느리니까"로 시작되는 문장에 숨은 뜻을 대략 해석할 수 있었다. '너도 네 나름의 생각이 있겠지만 그것과 상관없이 내 말을 따르길 바란다', 더 나아가 '네가 똑똑하다고 나를 무시하면 안 된다, 그러면 네가 똑똑하다는 사실 때문에 더 괘씸할 것이다'라고까지 느끼는 건 과민한 걸까. 똑똑하다는 말은 일종의 무기 같다. 나를 설득할 논리적 근거가 없을 때 나를 조종하기 위해 무기를 들이대듯 똑똑함을 건드리는 것 같다.

며느리의 똑똑함은 왜 비난의 소재이자 전제가 될까. 똑똑한 며느리라는 말 뒤에는 공통적으로 부정적인 말이 따라붙는다. 우리 며느리는 똑똑한데 융통성이 없어, 똑똑하지만 그래서 좀 매정한 데가 있어, 똑똑하긴 한데 강해, 욕심이 많아, 철이 없어……. 시부모에게 며느리가 똑똑한 경우는 언제일까? 사전적 의미처럼 정말 사리에 밝고 총명할 때일까? 시부모는 나를 똑똑하다고 말하는데 내가 똑똑해서 좋을까, 싫을까?

만약 내가 그분들이 원하는 대로 말하고 행동했다면? 내 의사와 다르지만 시부모의 명을 따라 남편의 퇴사를 말렸다면 과연 내게 어떤 수식어구가 붙었을지 상상해본다. "역시 너는 똑똑한 며느리니까 잘했다"는 말보다는 "우리 며느리는 참 착하고 순해, 어른 말을 잘 따르고 공경할 줄 알아"라는 말이 더 그럴 듯하다.

똑똑한 며느리의 반대는
똑똑하지 않은 며느리가 아니라
착한 며느리다.

똑똑한 며느리는 곧 고분고분하지 않은 며느리를 의미하기
때문이다. 며느리의 똑똑함은 결코 환영받는 특성이 아니다.
오히려 위협적이다. 남편 기를 죽이는 똑똑함, 시부모를
이겨먹는 똑똑함. 며느리는 똑똑한 게 아니라 현명하길
요구받는다. 노예는 똑똑할 필요가 없다. 주어진 일에 묵묵하고
우직하게 따르기만 하면 된다. 이러한 것들이 지금까지 전해오는
맏며느리의 조건 아닌가.

성실한 자세로 인내하고
희생하며 자신의 도리와
의무를 다하는 것. 충직한
노예의 조건이자 현명한
며느리의 자격.

여자가 똑똑하면 밉상이고
좀 모자란 듯한 표정을
지어야 한다는 국회의원의
말✓이 공식석상에서 나온다.
공공기관에서 진행하려 하는
'무해한 음모'✓✓ 때문만이
아니더라도 영리한 여자가

✓ 김을동 국회의원이 ⟨20대 총선 새누리당
여성 예비후보자 대회⟩에서 "우리나라 정서상
여성이 너무 똑똑한 척을 하면 밉상을
산다. 약간 모자란 듯한 표정을 짓는 게 한결
낫다고 생각한다. 누가 질문을 해서 똑부러지게
이야기하면 거부반응이 있다"라고 발언했다.
효과적인 선거운동 방법을 설명하는 과정에서
나온 말이라 하더라도 성차별적 인식을 담고
있어 비판을 받았다.

✓✓ 한국보건사회연구원의 ⟨주요 저출산대책의
성과와 향후 발전 방향⟩ 포럼에서 원종욱
선임연구위원은 '결혼시장 측면에서 살펴본
연령계층별 결혼결정요인분석' 보고서를
발표했다. 여기에는 "여성의 교육수준과
소득수준이 상승함에 따라 하향선택결혼이
이루어지지 않는 사회관습 또는 규범을 바꿀
수 있는 문화적 콘텐츠 개발이 이루어져야
한다. 이는 단순한 홍보가 아닌 대중에게
무해한 음모 수준으로 은밀히 진행될 필요가
있음"이라는 내용이 포함되었다. 저출생
문제의 원인을 여성의 능력 상승에 두고
여성의 사회적 지위를 끌어내리려는 음모를
당당하게 발표하여 많은 비난을 받았다. 학력
높고 능력 있는 여성에 대한 이 사회의 증오와
혐오를 대표적으로 보여주는 사례였다.

가부장제에 자신을 구겨 넣는 이야기가 넘쳐난다. 언제든 텔레비전을 켜면 잘난 여자가 어딘가 허술하고 모자란 남자와 사랑에 빠져 자신을 희생하는 이야기를 볼 수 있다. 똑똑한 여자의 필연적인 결말인 양, 똑똑한 여자를 받아줄 남자는 사회경제적 지위가 떨어지지만 바보 같을 만큼 우직하고 순박한 사람밖에 없는 양, 자기를 사랑하는 남자랑 사는 게 여자 인생에 있어 가장 중요한 행복인 양, 똑똑한 여자를 가부장제 안에 굴복시킴으로써 쾌감을 얻는 서사가 반복된다.

이 사회는 똑똑한 여자를 경계하고 여자가 의식화되는 걸 두려워한다. 그래서 여자의 똑똑함에 결코 보상을 주지 않는다. 그렇지만 이제 나는 나의 똑똑함을 감추지 않으려 한다. 총명함을 감추는 동안 나는 감출 필요도 없이 총명함을 잃어왔지만, 이제는 내가 얼마나 똑똑하든 나를 드러내고 원하는 만큼 똑똑하고 싶다. 여전히 어떤 말과 어떤 눈빛에 위축되거나 꺾이는 순간이 올 테지만 그렇다 하더라도 멈추고 싶지 않다. 무의식적으로 자기검열을 하다가도 고개를 세차게 흔들 것이다. 내가 바라는 것을 스스로 묻고 떠올리고 기억하자고 다짐한다. 그리고 훨씬 더 똑똑해지길 '감히' 열망하기로 결심한다.

딸 같은 며느리

며느리를 딸처럼 생각한다거나 딸 같은 며느리를 원한다는
말을 들을 때마다 묻고 싶어진다. "글쎄, 제가 당신 딸이
된다면 감당하실 수 있겠어요?" 당신들의 말에 "아뇨, 그건
잘못되었습니다"라고 말하는 딸 같은 며느리를 진정 받아들일
자신이 있는가 묻는 것이다. 시부모는 내가 어떤 딸인지 모른다.
내가 부모에게 아닌 건 아니라고 하는 걸 그분들은 알고 싶어
하지도 않을 것이다.

며느리를 딸에 비유할 때 원하는 모습은 따로 있다. 어떤
이미지이자 역할. 시부모는 내가 딸(이라고 여겨지는 모습)같이
애교 부리고 살갑게 대하고 방긋방긋 웃으며 절대 권위에
도전하지 않는 범위 내에서 친근하게 대해주기를 바라는
것이다. 다정하게 팔짱을 끼고 같이 쇼핑을 하고 생일을 챙기고
같이 병원에 가주길 바라는 것이다. 이 사회에서 딸의 역할을
어떻게 인식하고 있는지가 고스란히 드러난다. 딸에게 부과되는
성차별적 역할에 더해 며느리에게 부과되는 성차별적 역할이
겹친 말, 딸 같은 며느리.

더불어 나를 딸같이 편하게 대하고 싶다는 뜻이다. 아들
배우자 정도의 가까움으로는 만족하지 못하고 가장 편안하고
허물없다고 여기는 부모 자식 관계를 가져와, 혹여 며느리를
대하는 방식에서 선을 넘는 일이 생겨도 면죄부를 받고 싶은

것이다. 무례할지도 모르는 말을 하고 나서 혹시 무례하지는 않았나 신경 쓰고 싶지 않다는 뜻이다. 개인적인 경계를 종종 침범해도 이해하고 넘어가라는 말이다. '딸처럼 편하게 생각해서 그런 거겠지, 나를 친근하게 여기니까 그런 거겠지, 내가 그만큼 가깝다는 뜻이겠지', 무례를 당한 사람이 알아서 합리화까지 하게 만드는 무소불위의 단어를 만드는 것이다. 딸 같은 며느리라는 말은 언뜻 정겨운 듯 보이지만 들여다볼수록 정겨움의 정반대에 있다.

그래서 '딸 같은 며느리'는 이중역할노동을 요구하는 잔인한 개념이다. 며느리에 더해 추가적으로 딸로서의 노동까지 바라는 것이다. 딸 '같은' 며느리가 아니라 딸'이자' 며느리이길 바라는 것. 며느리가 시가에 돌봄노동을 제공하고 시가의 무례를 참아 넘기는 정서노동까지 수행하길 바라는 욕구가 숨어 있다. 며느리에 대한 무리한 기대를 가족주의로 교묘하게 포장하는 것이다.

앞치마는 배려일까?

남편 몰래 챙기는 쌈짓돈이 귀한 세대인 시모는 종종 아무도
몰래 내게 용돈을 쥐어주곤 했다. 시부 몰래, 남편 몰래,
받는 돈이 어색해서 거절도 해보고 곧장 시모 앞에서 남편을
불러 용돈 받았다고 말해보기도 했지만 내가 이해할 수 없는
방식이어도 시모의 마음은 알 수 있었다. 돈을 쓸 때 남편에게
'허락'받기가 어려울 거라는 시모의 짐작은 본인의 경험에서
나온 것이었다.

        나와 남편은 경제적인 문제를 공동으로 운영하고 서로
숨기지 않으며 크게 부딪치는 일이 없음을 아무리 여러 차례
말해도 시모는 우리가 그분들과 다르다는 걸 받아들이지 않는다.
시부모는 당신들이 사는 모습이 보편이고 평범이고 기준이라고
여긴다.

        결국 나는 시모가 주는 돈을 모아났다가 다음번에
시모가 내게 한 것처럼 시부 몰래 주머니에 찔러드린다.
시부모의 생각이나 그분들 간의 관계를 바꿀 수 없는 내가
시모에게 할 수 있는 최선이다. 나를 약자의 위치로 놓는
시모의 마음을 생각할 때면 그분의 인생을 헤아려 보게 된다.
나는 누구보다도 그분이 자유롭고 평등하기를 바란다. 그분과
연대하여 가부장제에 맞서고 싶다. 그러나…….

시모는 철저히 가부장제를 따르며 나를 배려할 뿐이다. 시모는
가부장제가 당신에게 요구하는 노동을 내게까지 강요하지는

않는다. 순하고 따뜻한 분이라 만약 김장을 하더라도 결코 내가 돕기를 강압적으로 요구하지는 않을 것이다. 며느리와 같이 김장하는 게 바람직한 모습이라는 생각이 없지는 않을 터라 내가 가서 돕기를 내심 기대하겠지만 며느리에게 부담 주지 않으려는 성정 탓에 내색은 하지 않을 것이다.

그러나 가부장제가 불합리하다는 생각이나 가부장제를 거부하고자 하는 의지가 없기에, 시모는 분명 본인을 며느리를 배려하는 좋은 시모라 인식하고 있으며, 며느리가 그것을 알아주고 감사해하기를 바라는 것도 사실이다. 며느리가 도리를 소홀히 한다거나 당신을 멀리하는 것 같으면 서운한 기색을 보인다. '나는 너를 얼마나 배려하는데. 네가 편하게 지내도록 얼마나 많은 말을 삼키는데'라는 생각으로 언짢은 것이리라.

며느리에게 뭔가를 요구하지 않는 건 시모의 배려가 있어야 가능한 일이다. 김장을 같이하자고 요구하지 않는 것만으로 시모는 많은 에너지를 쓰는 참이다. 당연히 부려야 하는 며느리를 부리지 않으려고 말이다. 시모가 배려하느라 이렇게 애썼는데도 며느리가 가부장제의 기대에 어긋나게 행동한다면 은혜도 모르는 사람이 되는 것은 순식간이다. 며느리에 대한 시모의 배려는 이렇게 작동한다.

배려는 언제든 얼굴을 바꿀 수 있다. 시모가 내게 몇 월 며칠에 김장을 할 예정이라고, 와서 갓 만든 김치와 수육을 먹고 김치를 가져가라고 한다면 나는 그 말을 쉽게 '거역'할 수 있을까? 지금은 시모의 배려로 김장에서 벗어나 있지만 배려는 언제나 선택일 뿐이다. 시모 마음에 따라 처지가 손바닥

뒤집듯 뒤집힐 수 있는 게 며느리 신세인 것이다. 타인의 결정에
종속되어 있는 삶.

작가 박완서는 산문집 『지금은 행복한 시간인가』에서 탁월한
비유를 들어 이러한 여성의 처지를 설명한다. 즉, 좋은 주인을
만나 사람 대접받는 종이 없었던 것은 아니지만 단 한 명이라도
종이라는 이유로 박해받는 게 정당한 사회라면 아무리 나머지
종들이 주인과 겸상을 하고 같은 옷을 입고 같은 교육을
받는다고 해도 사람 대접이 아니라 특혜를 받고 있을 뿐이며,
특혜란 권리가 아니기에 언제든 빼앗겨도 항의할 수 없다고
말이다. 그렇기에 팔자 좋은 여자도 팔자 사나운 여자의 고통에
동참해야 한다고 덧붙인다.

아무리 좋은 직장 상사도, 아무리 좋은 지도교수도, 아무리 좋은
시가도, 그들은 내 운명을 손에 쥐고 있다는 점에서 권력자다.
그들은 내게 요구할 수도 있고 요구하지 않을 수도 있지만,
나는 그들의 요구를 기다리고 있어야 한다. 권력자의 요구를
거스르는 건 굉장한 에너지가 소모되며 때에 따라 거대한
후폭풍을 각오해야 하기도 하다. 엄마가 김장할 때는 티끌만 한
죄책감으로 퉁쳐버리고 마는 나라는 사람이 시모의 김장에는
따라나설 수밖에 없게 되는 것이 내가 엄마보다 시모를 위하기
때문이 아니라는 건 누구나 알 것이다. 시모의 김장을 돕지 않는
건 엄마의 김장을 돕지 않는 선택처럼 간단하지 않다. 시모
김장에 참여하지 않는 선택에는 큰 비용이 따른다. 내가 좋은

시가를 만났어도 온전히 마음을 놓을 수 없는 이유이자 선한
시가의 배려로 유지되는 일상을 원하지 않는 이유다.

> 시모가 나를 김장에 부르지 않는 것에 다행이라며
> 가슴을 쓸어내리는 것으로 만족하고 싶지 않다.
> 권력자의 배려로 유지되는 아슬아슬한 평화가 아니라
> 마땅히 가져야 할 권리로서
> 내 손으로 내 일상을 선택하고 싶은 것이다.

배려가 쌓일수록 찜찜함도 쌓여간다. 내가 남편 큰집에서 부엌일
하는 걸 당연히 여기는 마음은 배려가 아닌데, 일할 때 옷이
젖으면 안 되니 앞치마를 꼭 챙기라고 일러주는 마음은 배려라고
할 수 있다. 모멸 위에 핀 배려의 꽃. 남편이 자신도 나와 같이
부엌에서 일하겠다고 하니 부모를 창피하게 하는 거라며
눈물짓는 마음은 앞치마를 챙기라고 내게 다정하게 말하는
마음과 얼마나 멀고 얼마나 가까울까.

나는 혼란스럽다. 분명 내게 가해지는 게 억압이
맞는데도 상대의 삶과 인격을 자꾸만 헤아리게 된다. 마음껏
미워할 수도 마음껏 좋아할 수도 없어 어정쩡하게 서성인다.
이해하다가도 이해하고 싶지 않고 마음이 짠하다가도 역시
안 되겠다 싶다. 이해하고 넘어간다면 편견은 계속될 것이고
달라지는 건 없을 것이다. 내가 며느리 역할을 소홀히 한다면
언제든 거둬질 수 있는 배려라는 걸 안다. 그 마음이 얼마나
정성스럽든 나를 억누르는 가부장제의 본질은 사라지지 않는다.

그래서 가부장제를 전제로 한 시가의 배려는 언제나 찜찜하고 얼마간 모멸적이다. 완전한 배려인 적이 없고, 그러려고 한들 그럴 수가 없다.

시가와 며느리, 혐오와 희망

나의 시부모는 대체로 점잖고 상식적인 분들이다. 젠더 문제를
제외하면 교류하는 데 큰 불만이나 불편이 없는 분들이다.
그러나

> 내가 그분들을 며느리로서 만난 이상
> 젠더 문제는 우리 관계의 전부나 다름없다.

시부모가 며느리를 대하는 방식, 시부모가 아들을 대하는 방식,
나아가 시부가 시모를 대하는 방식까지 모든 게 점점 더 내
마음에 걸린다. 누군가는 시부모를 이웃집에 사는 어르신으로
여기고 그 정도의 관계를 맺으면 된다는데 나에게 시부모는
그것보다 훨씬 더 가깝고 크고 무겁다. 이웃집 어르신이라면
그분들은 내가 생일상을 차리기를 기대하지 않을 테고 나는
온전히 나의 호의로만 그분들의 생일을 축하할 수 있을 것이다.
그분들이 우리 집 비밀번호를 알고 싶어 할 이유도 없고 명절을
함께 보내야 하는 의무감도 없다. 나는 내가 원할 때만 그분들과
교류할 수 있을 것이고 그분들은 내게 선택권이 있다고 여길
것이다. 아, 이 정도 관계만 되어도 얼마나 산뜻할까? 만약
시부모와 거리가 멀어진다면 그만큼 며느리 사랑도 받을 수 없을
거라고 누군가가 안타까워한다면, 받는 이가 원하지 않는 방식의
사랑은 받는 이를 위한 게 아니라 주는 이를 위한 것이라고, 받는
이와 상관없이 주는 사랑이란 아마도 사랑을 주는 자기 자신을

사랑하는 것이 아니겠냐고 답하고 싶다.

시부모가 원하는 것과 내가 원하는 것은 결코 만날 수 없다.
우리가 서로 원하는 것에는 교집합이 없다. 시부모가 원하는
관계에서 나는 언제나 모멸감을 견뎌야만 한다. 그것이 가부장
문화가 태생적으로 갖고 있는 시부모와 며느리의 관계다.

> 가부장 문화를 벗어나지 않는 한
> 우리 모두에게 가능한 평화는 없다.

시부모는 나를 가부장제의 며느리라는 견고한 틀로만 재단한다.
며느리에게 주어진 역할보다 개인의 고유한 개성과 가치를
우선적으로 보려는 관점은 우리 문화에 존재하지 않는다.
며느리를 집에 놀러 온 아들 친구로 여기자는 말처럼 기존의
관점을 흔드는 말들이 나오고 있기는 하지만 가부장제를
넘어서기에는 역부족이다. 지금의 틀 안에서는 며느리를 하나의
독립된 인격체로 인식하지 못한다. 아무리 배려 깊은 시가라도
그렇다. 개인의 능력으로 벗어나기는 쉽지 않다. 초인적인
힘을 발휘해야 할 테지만 초인적인 힘은 영속하기 어렵고
일상적이지도 않다.

물론 틀은 어디에나 있다. 이미 짜인 틀을 가져다가 관계를
판단하고 세계를 이해하는 일은 매일 일어난다. 그런 게 없으면
세상이 돌아가지 않을 것처럼 모든 곳에 촘촘하게 존재한다.

가끔은 관계를 만들어나가는 데 효과적일 때도 있다. 친구를 보는 틀, 애인을 보는 틀, 선후배라는 틀, 부모 자식의 틀. 당연히 시모라는 틀도 있고 시부의 틀도 있다. 며느리를 바라보는 기존의 틀에 충실한 시부모라면 시부모라는 틀에도 본인들이 고정되어 있을 가능성이 크다. 시부모로서 이런 모습을 보여야지, 저런 것을 해줘야지, 자신을 틀 안에 가둔다. 너를 너로 보지 못하는 것처럼 나를 나로 보지 못한다. 누구든 틀에 끼워 맞춰지는 과정에서 어딘가 깎여나간다.

그러나 모든 틀의 위계가 같지 않다는 것을 우리는 명심해야 한다. 어떤 틀은 거부권도 같이 주어지지만 어떤 틀은 그렇지 않다. 하면 좋고 안 해도 그만인 게 있는 반면, 하는 게 당연하고 안 하면 욕먹는 것도 있다. 나쁜 일이 일어나는 곳은 주로 권력의 아래쪽이다. 시가에서는 당연히 며느리다. 권력의 아래쪽을 가두는 틀은 악의적이고 억압적인 방식으로 만들어져 있기 마련이다. 권력자 개인은 뚜렷한 악의가 없다 하더라도 구조 자체가 이미 악의적이다.

권력의 악의와 억압은 약자에 대한 혐오로 손쉽게 작동한다. 시가에서는 시부모에 의한 며느리혐오가 작동한다. 사회적 약자를 한통속에 밀어 넣고 부정적인 편견을 만들어 덧씌운 다음, 다시 그것을 근거로 억압하는 것. 개인이 어떤 사람인지는 신경 쓰지 않는 것. 전형적이지 않을 경우 고정관념을 수정하는 게 아니라 보기 드문 예외로 치부해버리고 "너는 보통 며느리랑

다르다"라며 좋은 며느리의 기준을 만들어 또다시 착취하는
것. 여성혐오에 찌든 문화에서 나고 자란 사람으로서 나는
며느리혐오 또한 손쉽게 확인할 수 있었다. 개념녀의 기준에
맞춘다고 해서 여성혐오에서 벗어날 수 있는 게 아닌 것처럼
좋은 며느리, 헌신적인 며느리, 희생적인 며느리, 착한 며느리가
된다고 해서 며느리혐오에서 벗어날 수 없다는 것도 알 수
있었다. 혐오는 그런 식으로 부서지지 않으니까. 좋은 며느리의
기준조차 며느리혐오에 바탕을 두고 있으니 우리는 새로운
기준을 만들어야 한다. 아니 사실 기준 따위는 필요치 않다. 좋은
사람이 좋은 며느리이고 나쁜 사람이 나쁜 며느리일 뿐.

한 가지 다행스러운 점은 혐오가 약자에 대한 강자의 지배
수단이라는 사실을 알고 있는 이상 나는 지배당하지 않기 위해
노력할 수 있다는 사실이다. 나는 통제당하지 않을 것이다.
내가 나를 통제할 것이다. 철저히 나라는 사람으로 살 것이다.
자유로워질 것이다. 언젠가는 지금처럼 애써 다짐하지 않아도
괜찮은 세상에서 살기를 바란다.

3 가부장제를
고발하다

효자도 아니면서

나는 연애하는 동안 남편을 효자라고 생각했다. 효자에 대한
정확한 정의를 내린 건 아니지만 부모에게 큰 소리 내는 법이
없고, 휴일에는 집안 청소를 거들고, 어머니의 수술을 앞두고
눈물을 흘리는 것을 보며 좋은 아들이라는 느낌을 받았기
때문이다. (따지고 보면 당연한 일들인데 나는 그가 남자라는
이유로 후한 평가를 내렸던 것 같다. 내가 더 부모에게 마음을
많이 쓰는데도 나 자신에게는 허락하지 않던 '부모에게 잘 하는
자식' 타이틀을 남편에게 쉽게 부여해 주었다. 효녀에 비해
효자의 기준이 훨씬 낮았던 것이다.)

　　　나는 그가 효자라는 점을 높이 샀다. 하나를 보면 열을
알 수 있듯이, 효자란 전반적으로 고운 마음씨와 배려 깊은
성정을 가진 사람이라 여겼기 때문이다. 나는 다른 이들에게
까칠하면서 내게만 잘하는 사람보다 모두에게 친절한 사람을
선호하는 편이다. 부모에게 이유 없이 무례하게 구는 사람이
내게 다정한 태도를 언제까지 유지할는지 장담할 수 없지 않나.

　　　그래서 효자와 결혼하면 고생한다는 식의 풍문을 들을
때면 의아했다. 부모에게 마음을 쓸 줄 아는 성품의 사람이
배우자를 고통스럽게 한다는 것을 상상하기 어려웠다. 남편 될
사람이 효자냐는 질문을 받을 때마다 애인은 효자지만 나를
힘들게 하지는 않을 것이라 자신 있게 답했다. (결혼 전, 아내 될
사람의 효심은 묻지 않으면서 남편될 사람의 효심만 질문지에
오르는 데서 질문의 의도를 눈치챘어야 하는데.) 결혼 전 나는

효자의 개념을 사전적 의미로만 이해했던 것이다.

결혼 후 나는 가부장제 안에서 진짜 효자의 실체를 맞닥뜨렸다.

효자라서 그래?

결혼 초 남편은 거의 매일같이 부모에게 안부 전화를 걸었다.
배우자의 부모에게는 한 달에 한 번 연락하기로 합의한
상태였다. 그러나 남편은 가끔씩 '오늘은 내가 시부모에게
전화했으면' 하는 바람을 슬며시 내비쳤다. 우리가 서로 합의한
규칙을 잊어서 그런 것은 아니었다. 시부모가 며느리 전화를
자주 못 받는 아쉬움을 자꾸만 아들에게 표현하기 때문이었다.
아쉬움으로 포장된 시가의 압박을 남편은 약간만 걸러 (거의
그대로) 내게 전달하곤 했다.

시가에 거는 안부 전화에 대한 나의 스트레스를 남편도 잘 알고
있었다. 내가 안부 전화를 거부하는 마음과 동시에 의무감도
가지고 있기 때문에 마음의 짐을 지고 있는 것 또한 알았다.
그리하여 안부전화는 한 달에 한 번 하기로 원칙을 세우고,
남편이 먼저 내 부모에게 전화하면 나도 시부모에게 전화하는
세부 규칙을 만들었다. 평소 남편이 내 부모에게 전화할 일이
훨씬 드물고 환경적인 압력도 덜 받기 때문에 남편 먼저 안부
전화를 시작하기로 정했다.

안부 전화에 대한 시가의 강한 바람을 마주하면 마음이 약해질 때도 있었다. '그래, 전화 한 통이야 별것 아니니 그냥 원하는 거 해드리자' 싶기도 했지만, 전화 통화의 내용을 떠올리면 그건 분명 별것이었다. 통화 내용은 대부분 며느리로서 중요하다고 여겨지는 것—건강 관리, 밥 차리기, 남편의 안부—에 한정됐다. 시부모와의 통화에서 며느리가 할 수 있는 말, 내가 취할 수 있는 태도도 거의 정해져 있었다. 나는 '며느리 겉옷'을 뒤집어쓴 채 '며느리 역할'을 연기해야 했다. 안부 전화를 끊을 때마다 나는 답을 알면서도 묻고 또 물었다. '나는 이 전화를 왜 해야 할까? 시부모는 이 전화를 왜 바랄까? 안부 전화의 압박은 왜 사위는 비껴가고 며느리에게로만 향하는 걸까?'

> 안부 전화란 시부모를 공경하고 남편을 보조하는
> 며느리 자리를 재확인하는 의식이다.

'목소리를 듣고 싶다'는 말이 나에게는 '시가에 순종하는 모습을 보이라'는 말이고, '며느리의 안부 전화를 기대하는 심리'는 '권력 확인 욕구'이기에, 안부 통화가 끝나면 내 기분은 어쩔 수 없이 매번 참담했다.

이렇듯 불편한 역할극을 거부하지 않고 나에게 부드러운 말투로 안부 전화를 제안하던 남편. 우리가 함께 만든 합리적인 규칙 대신 부모의 압력에 못 이겨 내게 며느리로서의 '도리'를 부탁하고 마는 남편을 보며 마음이 복잡했다. 남편은 정말 효자라서 그랬던 걸까? 재미있는 건 '한 달에 한 번 서로의 부모에게 연락하되 남편이 먼저 하기' 규칙은 지켜진 적이 없다는 점이다. 남편이 단 한 번도 내 부모에게 단순 안부 전화를 건 적이 없기 때문이다.

효자란 무엇인가

내 친구의 결혼식과 남편 사촌의 결혼식 일정이 겹쳤을 때다. 평소 남편과 거의 교류가 없던 사촌이라 결혼 소식도 느지막이 받았다. 시간이라도 다르면 둘 다 참석해보겠는데 공교롭게도 같은 날짜 같은 시각에 장소는 서울과 부산이었다.

나는 남편에게 따로 움직이자고 했다. 그랬더니 남편은 내가 십년지기 친구의 결혼식을 포기하고 남편 사촌 결혼식에 가야 한단다. 입장 바꿔 본인이었다면 내 사촌 결혼식에 참석했을 거라고 말이다. 남편의 놀라운 주장에 어안이 벙벙했다. "정말요? 만약에 당신 친구 지원이랑 내 사촌 동생의 결혼식이 겹치면 지원이 결혼식에 안 갈 거라고요?" 실제 친구로 사례를 드니 남편은 잠시 주춤했지만 어설프게 고개를 끄덕였다.

아무래도 이상했다. 평소답지 않게 억지를 부리는 남편을 가만히 바라보았다. 그러다 어렴풋이 짐작 가는 것이 떠올라 말했다. "당신, 그게 아니라 나 안 가는 걸로 부모님이 한 소리 하실까 봐 그러는 거죠?" 그러자 남편은 한참을 말없이 앉아 생각하더니 결국 수긍하는 것 아닌가.

86

순간 나는 도리며 효라고 불리는 것의 실체를 똑똑히 마주한 기분이었다. 남자가 겉보기에 효자 노릇을 하는데 알고 보면 단지 갈등을 만들기 싫어서, 또는 갈등을 대면하고 처리해야 할 자신의 임무가 피곤하고 번거로워서 아내에게 무리한 요구를 하는 것. 부모를 위한다는 명분을 내세우지만 실상은 자기의 편의가 목적인 비겁함. 부모의 안녕에 전보다 큰 관심이 생겼다기보다 부모를 설득하거나 이해시키기 위해 자신의 에너지를 조금도 쓰지 않은 채 편안한 상태를 유지하고 싶은 마음. 이것이 남편의 효였다.

남편의 효가 게으름과 비겁함에 바탕을 두고 있음을 알게 되자, 가부장제 안에서 '남자가 효자라서 아내를 힘들게 한다'는 말의 맥락도 똑바로 이해하게 되었다. '남자가 효자라서 아내를 힘들게 한다'는 것은 남편이 부모와 아내 사이를 조율할 의지가 없음을 뜻한다. 며느리로서 부여받은 부당한 요구들에 대해 부당하다는 인식이 희박하며 설령 있더라도 본인이 부모와 논쟁하고 설득할 생각까지는 없다. '남자가 효자라서'란 부모에게는 착한 아들인 척, 아내에게는 효자인 것처럼 굴지만 실상 자신의 원가족과 새로운 가정을 위해 어떠한 노력도 기울이지 않는 이기심이 본질이며, '아내를 힘들게 한다'란 그에 따른 책임 전가와 며느리의 대리 효도를 의미한다. 이것이 가부장제 사회에서 통용되는 효의 실체인 것이다.

심지어 가부장제는 그럴듯한 핑계까지 쥐여준다. 남편에게는 강력한 명분이 있다. 시부모가 원한다는 것. 이번에는 시가에 혼자 다녀오는 게 어떻겠냐는 아내의 말에 "당신이 가야 부모님이 좋아해요"라고 답하는 남편이 있다. 이것은 얼마간 사실이다. 며느리가 오면 좋아한다기보다는 안 오면 괘씸해하는 것이긴 하지만. 어찌됐든 시가는 며느리를 원한다. 정확히 말하면 아들보다도 며느리의 효도를 바란다. 며느리의 노동을 아들의 효로 치환하기 때문이다. 아내를 착취하여 대리 효도를 하는 것조차 남성의 공이 된다.

효자와 결혼하면 생기는 일들

그래서 효자와 결혼하면 이러한 일들이 뒤따른다. 남편은 부모님이 적적하실 테니 주말마다 찾아뵙자고 한다. 부모님이 아들보다도 며느리와 통화하는 걸 더 좋아하신다니 며느리가 자주 안부전화를 드린다. 언제든 들르실 수 있게 집 비밀번호를 알려드리고, 해다 주시는 음식은 언제든 감사히 받는다. 조금 빠듯하더라도 젊은 세대가 은퇴하신 부모님께 용돈이나 생활비를 지원해드리는 게 맞다. 아이를 낳아 남편이 부모님께 효도할 수 있게 한다. (세상에, 아이는 아내가 목숨 걸고 낳았는데 왜 남편이 본인 부모에게 효도하는 게 되는 것인지?) 정기적으로 카톡에 아이 사진을 올려 부모님을 기쁘게 한다. 남편은 아무 말도 하지 않는 가족 단톡방이지만, 아내는 공손하고 살갑게 장문의 카톡을 남긴다. 부모님의 생신에는 직접 생일상을 차려드린다. 몸이 안 좋더라도 시가의 행사에는 참석해

부모님께 걱정 끼치지 않는다. 명절에는 음식 장만하는 어머님이 힘드시니까 하루 전날 가서 돕는다. 남편은 부엌일에 서투르고 있어봤자 방해만 된다고 하니 여자들끼리 후딱 해치운다.

요약하자면 시가의 의사에 반하는 행동은 일절 하지 않고, 며느리에게 기대하는 것은 무엇이든 기꺼이 충족시켜 드리는 것이다. 그 과정에서 개인적인 어려움이 생긴다면 가끔 남편에게 이야기할 수는 있겠지만, 이때에도 혼자 삭이는 편이 낫다. 남편은 끔찍한 효자라 아내의 고통 호소를 시부모에 대한 공격으로 받아들이기 때문이다.

효자가 효도를 날로 먹네

대리 효도는 아내를 갈아 넣는 방식으로만 작동한다는 점에서 나쁘다. 아내의 시간, 노력, 감정노동이 있어야만 남편의 대리 효도가 가능해진다. 예를 들어, 부모와 자주 연락하고 만나고 함께 여행을 가고 생일상을 차리고 명절에 오래 시간을 보내는 등 효도 항목을 살펴보면, 아내의 노동이 들어가지 않는 게 없다.

아내가 대리 효도를 거부하면 시가와 갈등이 생긴다. 남편이 효자의 역할(혹은 지위)을 유지하면서 갈등도 해결하는 가장 쉽고 깔끔한 방법은 바로 아내가 시부모에게 모든 걸 맞추는 것이다. 그러면 본인에게 불똥이 튀지 않고 중간에서 힘들여 조정할 필요도 없다. 부모에게도 면이 서고 아내를 휘어잡지 못한 약해 빠진(좋은 말로 해도 팔불출인) 남자로 보이지도 않는다. 효도했다는 뿌듯함을 느끼고 가부장의 자존심도 세우고 본인 심신까지 매우 안락할 테니 그야말로 손 안 대고 코 푸는 격이다.

　　　"당신이 이번 한 번만 참아줘, 이해 좀 해줘"라는 말은 대리 효도를 요구하는 대표적인 화법이다. 화자가 간곡히 부탁하는 위치에 서고 상대는 거절하면 비정한 사람이 되기에 교묘하다. 아내만 참고 넘어가면 평화를 유지할 수 있다는 말, 너만 참으면 모두가 행복하다는 말에도 권력관계는 분명히 작동하고 있다. 강자에게는 누구도 감히 참으라고 요구하지 않는다. 아내가 이해해주는 한, 남자는 이득만 볼 뿐 어떠한 손해도 입지 않는다. 효를 가장한 남성의 이기심은 본인도 의식하기 어려울 정도로 은근하며 뿌리 깊다. 남성에 의해 만들어진 사회 통념이 남성의 행동을 포장해준다. "효자라서 그래." 주변 사람들은 아주 간단하게 부당한 상황에 처한 여성의 입을 막아버린다.

　　　그런데 효자는 자신이 아내에게 무얼 부탁하는지 제대로 알고나 있을까? 그것이 '당신의 자존감과 가치관을 모두 버린 채 나의 이 무심함과 비겁함을 참아주고 가부장 구조의 며느리 대우에서 오는 모멸감을 견뎌내기 위해 온 인내심을 쏟아달라'는 부탁이라는 것을 남편은 쉽게 알아차리지 못하는 것 같다.

이렇듯 효자의 효가 부모를 위한다는 것도 착각이지만 그렇다고 치자. 부모를 위해 아내를 고통으로 밀어 넣어야 하는 효가 있다면 아내를 향한 그의 사랑은 어디 있는가? 남자들이 늘 말하는 것처럼 제 손으로 만든 가정을 '책임'진다는 게 정녕 이런 것인가? 이 땅의 모든 남자들은 제 부모에 대한 효를 제 손으로 수행해야 한다.

효자는 없다

> 대리 효도는 새로운 가정에 가부장제를 씌운다.
> 남편 쪽 가족의 가부장제에 아내를 편입시키고
> 굴종하게 만듦으로써 새 가정에서도 물 흐르듯이
> 가부장적 가치를 이어나갈 수 있게 한다.
> 그리고 당연하게도 최대 수혜자는 언제나
> 가부장, 바로 남자 자신이다.

시가는 며느리가 자신들을 섬기는 것만큼이나 아들을 섬기기를 바란다. 그렇기에 좋은 며느리가 된다는 것은 좋은 아내가 되는 것을 동반한다. 아내가 시가의 뜻을 따르는 효부가 되려면 남편을 보조하는 가부장적 역할에 충실해야만 한다. 시가에 대한 희생은 곧 남편에 대한 희생으로 연결되는 것이다. 자연스러운 흐름이다.

이제 나는 안다. 시부모의 가부장적 사고를 비판하는 나에게

> "우리 부모님 욕하지 말아요!"

라고 했던 남편의 대응이 효심에서 비롯된 게 아니라는 것을. 본인을 탓하는 것 같은 불편함, 문제 해결에 대한 부담감, 책임 회피의 시도였음을. 이 사회에서 '효자 기혼 남성'이란 본인 대신 아내의 노동력을 이용해 부모에게 효자 노릇을 하려 드는 노동

착취자를 지칭하는 것이다. 지금 내게 남편이 효자냐고 묻는다면
나는 '알고 보니 그리 (사전적 의미의) 효자도 아니면서
(가부장적 의미의) 효자가 되려고 나를 괴롭게 했다' 정도로
답할 수 있겠다.

남편은 돌봄노동을 모른다

쉬이 잊히지 않는 순간들이 있다. 당시에도 별일 아니라 넘겼고
새삼 떠올려봐도 딱히 감정이 요동치는 것은 아닌데 마음에
얼룩처럼 남아 있는 장면. 그제야 '아, 그게 나한테 중요한
무언가였구나' 거꾸로 깨닫게 되는 순간 말이다.

　　　　나는 자주 열 감기를 앓았고 그날도 그랬다. 전과 다른
점이라면 더 이상 엄마 집이 아니라 새로운 나의 집에 누워
있다는 것. 침대 하나 놓으니 겨우 문이 닫히는 작고 캄캄한
방에서 나는 조용히 식은땀을 흘리고 있었다. "푹 자요." 남편이
다정하게 말한 뒤 문을 닫았지만 잠은 오지 않았다. 거실에서
텔레비전 보는 남편의 웃음소리를 멀리 들으며 누워 있던 그때,
나는 쓸쓸했던가.

나는 알고 남편은 모르는 것

결혼 후 1년 반쯤 지난 시점이었다. 어느 날 샤워를 마치고
새 속옷을 미처 챙겨놓지 않았던 나는 욕실 문 너머로 남편을
불렀다. 잠시 후 남편이 건넨 것은 내가 갖고는 있지만 불편해서
거의 입은 적이 없는 속옷이었다. 다른 걸 요청하자 남편은
귀신같이 내가 그다음으로 안 입는 속옷을 가져오는 게 아닌가.
처음에는 내가 좋아하는 순서에서 정확히 반대로 골라오는
우연에 실소가 나왔다. 그러나 몇 번의 퇴짜가 오간 후 결국
원하는 속옷의 디테일한 모양—민무늬에 레이스가 없는 것들이

있어요!─을 소리치면서 나는 뭔가 잘못되었다고 느꼈다. 나는
남편이 선호하는 속옷의 순위와 이유까지도 정확하게 알고
있다는 점에서 그랬다.

　　　우연히 알게 된 게 아니다. 남편이 날 붙잡고 앉아서 이
속옷은 고무 밴드가 편해서 좋고 저 속옷은 디자인이 예뻐서
좋다고 알려준 것도 물론 아니다. 그것은 끈기 있는 관찰이
뒷받침된 보살핌 덕에 알게 된 것이었다. 남편이 어떤 속옷을
자주 입고 자주 입지 않는지, 어떤 속옷을 입으면서 뭐가
불편하다고 말하는지, 나는 보았고 들었다. 결혼 후 내가 남편의
생활양식에 관해 알아나간 건 속옷 순위만이 아니다. 남편이
외출 준비를 할 때 나는 지금 그에게 필요한 게 드라이기인지
로션인지, 다음에 찾을 것이 칫솔인지 양말인지 안다. 얼핏
당연하게 여겨질지도 모른다. 머리를 감았으면 드라이기가
필요하지 않겠냐고 할 수도 있다. 그러나 유사해 보여도
반복되는 일상에는 자신만의 순서가 있기 마련이고 드라이기를
쓰는 시점조차 사람마다 미묘하게 다른 것이다.

　　　반면 남편은 내 일상생활을 이루는 구체적 단계를
모른다. 시간에 쫓겨 남편의 도움이 필요한 경우에 나는
아주 상세하게 요청을 해야 한다. 가령, '침실 옷장의 첫 번째
서랍에서 오른쪽 앞에 있는 검은색 기모 바지를 가져다 달라'는
식으로 말이다. 반대 상황이라면 나는 지금 남편에게 필요한
게 기모 바지라는 것도 알 테고 어디 있는지도 알고 있겠지만,
남편은 모른다. 게다가 나는 남편의 건강 상태를 본인보다 더
잘 파악하기에 종종 이러한 대화마저 오간다. "당신 좀 피곤한

것 같아요, 컨디션 안 좋아요?"라는 나의 물음에 남편은 "듣고
보니 그런 것 같아요!"라고 답한다. 날씨에 맞지 않는 옷차림을
하고 나갈 때 "오늘 일교차가 심하다니까 샌들은 추울 거예요.
운동화가 낫지 않겠어요?"라며 양말을 챙겨주는 것도 나만의
일이다.

돌봄노동 불균형

서로의 신변잡기적 문제에 대해 왜 남편보다 내가 훨씬 더 많이
알고 있을까?

내가 남편보다 유난히 케어 기버$^{care-giver}$적인 성향인 것은
아니다. 다른 사람을 관찰하는 것을 좋아하지만 관심 영역이
신변잡기에 국한되지는 않는다. 남편 또한 결코 세심함이
부족한 사람이 아니다. 본인이 관심 갖는 분야에서는 누구보다
치밀하다. 화분에 물주는 시기를 꼼꼼히 체크하고, 다른
설거지는 모두 미뤄도 토마토를 볶고 난 프라이팬은 산성 때문에
곧바로 물에 헹구는 사람이다.

*남편은 자신의 일로 여기는
돌봄의 범위가 좁을 뿐이다.*

돌봄노동을 수행하는 종류와 강도의 차이는 성별이 아니라
개개인의 기질 차이 아니냐고, 돌봄을 잘 수행하고 좋아하는
성향을 타고나는 것 아니냐고 주장하는 사람도 있으리라. 물론

그럴 수도 있다. 그러나 여기서 주목해야 할 것은 같은 환경에서 자라는 동기간일지라도 성별에 따라 다른 기질의 발현이 요구된다는 점이다. 나는 초등학생이 되기도 전에 아빠의 속옷이 어디 있는지 알고 있었고 아빠가 샤워하고 나를 부르면 쪼르르 달려가 속옷을 건넸다. 나는 돌봄을 잘 수행하는 기질을 타고난 걸까, 아니면 돌봄 기질의 발현이 자연스러운 환경에 놓였던 걸까? 내가 남자아이였어도 내 돌봄 기질을 이만큼 발휘하며 컸을까?

그렇게 태어나는 게 아니라 길러지는 것이다

엄마는 외출할 때마다 냉장고에 미리 준비해둔 끼니를 오빠가 아닌 내게만 설명해주곤 했다. 어떤 친구는 한창 놀다가도 남동생 밥을 챙겨주라는 엄마의 전화를 받고 서둘러 귀가하기 일쑤였다. 밥을 차려주는 일은 나이에 관계없이 여자에게 맡겨진다. 밥을 잘 차리거나 밥 차릴 좋아하는 기질을 여자만 타고났다고 우기면 안 된다. 만약 내가 오빠의 밥을 제대로 챙겨주지 못할 정도로 덜렁거리는 딸이었다면 훨씬 더 엄격한 교육이 이루어졌을 테니까. 오빠에게는 애초에 여동생 밥을 챙겨줄 것을 기대하지 않으니 돌봄노동에 대한 교육은 어린 시절부터 기울어져 있다.

타인을 보살피는 것은 성취감이나 만족감도 있지만 한편으로 굉장히 피곤하고 귀찮은 일이다. 번거로운 업무를 하거나 안

하거나 평판에 그다지 상관없는 남성과, 수행하면 훨씬 더 많은 칭찬을 받고 안 하면 은연중에 냉정하다거나 이기적이라는 평가를 받는 여성의 차이. 이 사회에서 돌봄은 '여성스러운' 일로 여겨진다. 결과적으로 여아는 타인을 보살피는 일에 더 능숙한 상태로 성인이 된다. 돌봄노동에 있어서 실제로 여자가 더 능숙한 경우가 적지 않다고 하더라도 그것은 고정관념에 기반을 둔 사회화의 산물일 뿐이다.

결혼과 돌봄

남편의 얼굴 안색이나 체중, 구겨진 셔츠, 영양제에 관해, 당사자인 아들이 아니라 며느리에게 주의 사항을 말하는 시가의 메시지가 무엇인지 안다. 시가는 당연한 듯이 나에게 남편에 대한 돌봄을 요구하는 것이다. 오로지 나의 몫인 돌봄노동에는 육체적인 부분뿐만 아니라 감정적인 부분까지 포함된다. 가령 남편의 우울은 아내가 더 신경써서 돌봄을 제공해야 하는 일이지만, 아내의 우울은 남편 돌봄에 지장이 없도록 하루빨리 스스로 잘 다스려야 하는 일이 되는 식이다. 나는 남편도 돌보고 나 자신도 돌보아야 한다.

암에 걸렸을 때

배우자의 간병을 받는 비율이 남성은 86.1퍼센트인데 비해 여성은 36.1퍼센트라는 연구 결과✓가 돌봄노동에서의

✓ Ansuk Jeong, Dongwook Shin, Jong Hyock Park, Keeho Park (2019). *What We Talk about When We Talk about Caregiving: The Distribution of Roles in Cancer Patient Caregiving in a Family-Oriented Culture.* Cancer Research and Treatment: Official Journal of Korean Cancer Association, 51(1), pp.141~149.

성별 불균형을 적나라하게 보여준다. 식사 준비의 경우 남성 암환자의 88.3퍼센트가 배우자에게 도움받는 데 비해 여성 암환자는 13.9퍼센트만 배우자에게 도움받고 있었다. 여성 환자는 식사를 스스로 해결하는 비율이 무려 63.9퍼센트로 남성 환자의 7.1퍼센트만이 스스로 식사를 해결하는 것에 비해 월등히 높았다. 이 연구는 평균 연령 70.8세인 노인 439명을 대상으로 했는데 아무리 현재 노년 세대가 가사노동을 여성의 역할로 여긴 세대라고는 해도 암에 걸린 아내의 밥을 챙겨주지 않는 남성이 이토록 많다는 것은 남성에게는 돌봄의 개념이 상당히 결여되어 있음을 말해준다. 정서적 지원을 배우자에게 받는 비율도 남성 환자는 84퍼센트로 높지만 여성은 32.9퍼센트에 그쳐, 감정돌봄 또한 여성은 제공하는 만큼에 비해 턱없이 적게 받고 있음을 알 수 있다. 아내가 병에 걸리면 병에 걸린 상태에서도 남편에게 돌봄을 제공해야 하는 의무가 버거워 헤어짐을 택하는 기막힌 사례도 드물지 않다.

가부장제를 따르는 결혼 생활 안에서 여성은 돌봄노동을 하고 남성은 돌봄노동을 받는다. "혼자 사는 노년 남성보다 혼자 사는 노년 여성이 더 오래 산다"는 속설, "늙어서 남자 떠맡을 일 있냐"는 말, "아이가 생기면 남편은 아내의 2순위로 밀려나기 때문에 서럽다"는 남자들의 어리광, "나도 아내가 필요하다"고 말하는 여성의 우스갯소리, 모두에 남자가 여자의 돌봄을 받는다는 전제가 깔려 있다.

무심할 수 있는 특권

한 대형 쇼핑몰에 가니 중앙에 '허즈번드 센터Husband Center'가 들어서서는 만화책이니 어른용 장난감이니 하는 것들이 안락의자와 함께 마련되어 있었다. 남편이 혼자 쉬고 있다면 아내와 아이는 어디에서 무얼 하길 바라는 걸까? 이미 집에서도 아내에게 가사와 육아를 떠맡기고 허즈번드 센터에 있는 것처럼 있다 나오지 않았나? 온갖 돌봄을 다 받고 있으면서도 남성들은 더 돌봄이 필요하다고 외친다. 돌봄 의무는 안중에도 없고 무조건 나를 챙겨달라는 남편들의 어리광과 그것을 또 기꺼이 받아주는 문화에 나는 신물이 난다.

이 사회는 서툴다는 이유로 남성들에게 돌봄노동의 책임을 부여하지 않으려 한다. '남편에게 아이를 맡기면 생기는 일'이라며 아이를 방치하거나 학대하는 등 적절한 돌봄을 제공하지 않는 남성의 모습을 유머러스하게 전시한다.

이분법적으로 한쪽 성별은 단순하고 무심하게, 한쪽은 섬세하고 공감 능력이 뛰어나도록 타고난 게 아니다. 사회적으로 무심함을 용인받는 성별을 정해놓은 것뿐이다. 사소한 일에 신경 쓰지 않는 상태로 존재할 수 있는 것도 권력이다. 남성은 무심해도 되는 특권을 가졌다. 남편이 나의 생활 방식이나 필요에 무심한 반면, 내가 남편의 사소한 호오까지 관찰하고 인지하는 것은 철저한 사회화와 학습의 결과이다.

내가 아팠던 날 남편에게 원했던 것은 주기적으로 나를 들여다보고, 따뜻한 물을 가져오고, 체온을 재주고, 땀을 닦아주고, 방에 가습을 하고, 필요한 게 있는지, 불편한 데는 없는지 물어봐주는 것이었다. 그러나 남편은 나를 그저 내버려 두었다. 방에서 혼자 푹 자다 보면 낫는다고 했다. 이것이 남편이 내게 한 간호의 전부였다.

　　이후에 나는 남편에게 내가 원하는 간호를 하나하나 말하고 가르쳤다. 내가 하는 간호를 보고 배우라고 했다. 나는 남편을 가르쳐야 했다. 나의 돌봄노동에 더해서, 돌봄노동을 남편에게 가르쳐야 하는 노동까지 추가된 것이다. 물론 내가 남편에게 가르쳐야 하는 건 돌봄노동만이 아니었다.

남편은 가사노동을 미룬다

"남편이 요리는 곧잘 하는데 하는 과정이 문제야." 신혼생활은
어떠냐는 물음에 친구가 답한다. "집에 있는 냄비란 냄비,
집기란 집기는 다 꺼내서 써." 아하, 이것은 뻔하다. 친구 남편은
분명 설거지를 안 할 것이다. "그러지 말라고 하면 또 삐져." 휴,
가르치는 것도 일이다. "기분 좋을 때 말해야 그나마 듣는데
타이밍 맞추기가 어려워." 친구는 웃으며 말했지만 그 답답한
심정을 나도 잘 안다.

딱히 배운 적 없지만 나는 상식처럼 아는 가사노동의
기초 지식에 관해, 남편은 놀라울 정도로 백지장이었다. 둘
다 자취 경험이 없고 모든 가사노동을 엄마에게 의존하며
살아왔으나 나와 남편의 출발 지점은 꽤 달랐다. 나는 알게
모르게 엄마가 일하는 방식을 주의 깊게 살펴왔던 것인지
집안일을 맞닥뜨리니 엄마가 어떻게 했는지 저절로 기억이 났다.

남편의 경우 설거지조차 가르칠 게 산더미였다. 본인
뒤에 다시 손 댈 사람이 있다는 인식을 가진 게 분명했다. 남편은
결혼 전 본가에서 종종 설거지를 맡았다고 했다. 그러면 그때
남편이 설거지를 다 했다고 한 뒤의 부엌, 그러니까 거품이
흥건한 싱크대, 식탁 위에 그대로 놓여 있는 컵, 기름이 잔뜩
튄 가스레인지와 벽은 누가 닦고 정리했을까? 얼추 그림이
그려진다. 개수대 안 그릇들만 쏙 설거지해놓고는 "으아,
힘들다" 하며 소파에 눕는 아들에게 시모는 흐뭇한 미소로
고맙다고 하셨겠지. 우리 아들 장하다고까지 하셨으려나. 이

사회가 아들을 키우는 익숙한 방식이다. 그렇게 자란 남자와 결혼한 나는 빨래는 탁탁 털어서 널어야 구김이 가지 않는다는 것마저 알려줘야 하는 신혼 생활을 보내고 있었다. 남편이 기분 상하지 않게 받아들일 만한 적당한 타이밍을 찾아서, 가능한 한 친절하게 알려주려고 애쓰면서.

몰라도 당당하다

친구들과 나는 성격이나 자라온 환경, 로맨틱 파트너 취향까지 모든 게 다르지만 기혼 여성이라는 단 하나의 공통점만으로 같은 고민을 갖게 됐다.

나는 남편보다 가사노동을 더 잘 안다. 그래서 비효율적이거나 때로는 완전히 틀린 남편의 행동을 목격한다. 게다가 남편은 웬만해서는 알아서 움직이지조차 않는다. 스스로 적응하고 나아지길 기대하며 지켜보다 더 이상 안 되겠다 싶어 알려준다. 그간의 답답함이 섞인 말이 남편에게 지적으로 들렸는지, 남편이 말한다. "그것 좀 모를 수도 있지, 왜 화를 내요? 친절하게 알려줘야 나도 할 마음이 들 거 아니에요!" 나의 인내심이 애를 쓴다. 스스로 나아지려는 의지가 보이지 않는 사람의 반복되는 잘못을 보며 참아왔는데, 그 답답함을 누르며 겨우 말했는데, 돌아오는 것은 더 상냥하라는 주문이다. 자기 몫을 다하지 않는 사람은 당신인데도 알려주는 내게 맡겨놓은 것처럼 감정노동까지 요구하며 당신은 어떻게 그리 당당할 수 있는가.

모르는 게 죄는 아니다. 그러나 모른다는 걸 알았을 때는 알려고 노력해야 하지 않나. 특히 고정된 성역할 때문에 배우자가 부당하게 가사노동의 짐을 지고 있는 상황이라면 더더욱. 배우자의 고통을 외면하는 게 당당한 일이 될 수는 없다. '네가 친절하게 알려주면 해볼까 싶지만, 아니면 하기 싫어져. 내가 안 하는 건 화내는 네 탓이야'라는 건 너무도 비열한 태도다. 가사노동에 대해 달갑지 않은 마음을 상대 탓으로 돌리려는 핑계에 불과하다.

애써 답답함을 누르고 최대한 친절을 발휘해도 남편은 크게 배울 의지가 없어 보였다. 시켜야 겨우 했고 시키는 것만 했다. 집안일에 있어서 유난히 발전이 더뎠다. 남편이 제 몫을 해내지 못하는 동안 모든 부담은 내 몫이었다. 가사노동이란 한쪽이 게으름을 피우면 딱 그만큼 다른 쪽이 부담을 지기 마련인 조 모임 과제 같은 것. 가사노동에 무심한 남편에게 나는 화가 났다. 그리고 그래도 되는 분위기, 즉, 가사노동에 무지하고 책임 의식 없는 남성상을 용인하는 문화에 나는 분노했다.

남편은 왜 가사노동에 대한 본인 책임을 내 상냥함과 연결 지으며 핑계를 대는가. 왜 본인 임무에 있어서 시행착오를 거쳐 나아지려 하지 않고 미숙한 시행만을 반복하는가. 업무를 모르면 배워야 하고 업무 방식에 문제가 있으면 개선하는 게 담당자의 역할 아닌가. 일할 때 언제나 더 효율적이고 효과적인 방안을 찾기 위해 애쓰는 게 현대인들 아닌가. 남편에게 가사 분담에 관해 토로하던 중 어느 날 내가 외쳤다.

"당신은 집안일에 주인 의식이 없어!"

무심결에 나온 말이었지만 말해놓고 보니 가사노동에 대한
남편의 몰상식과 무관심과 핑계 대기의 본질적 원인을 꿰뚫는
정확한 표현이었다. 아내가 시켜서 하는 일, 아내를 돕기 위해
하는 일, 이 순간만 임시로 하는 일, 어쩌다 보면 안 할 수도
있는 일로 여기기에 딱 그 정도의 결과가 나오는 거였다.
남편은 회사에서 결코 이런 태도로 일하지 않을 것이다. 회사로
치면 업무에 대해 모르면서 파악하려는 의지가 없고 동료에
대한 배려조차 없는 신입 사원이었다. 남편은 모든 기획과
관리를 내게 떠맡긴 후 구체적인 임무만 할당받으려 했다.
하지만 남편이 잊지 말아야 할 것은 나도 같은 신입사원이라는
사실이다. 가정이라는 조직의 구성원으로서 우리는 함께 일하는
동료다.

여성의 수고는 보이지 않는다

우리 사회는 여성에게 말한다. 남자는 여자 하기 나름이라며
무한한 칭찬과 인정으로 가사노동에 참여하게 만들라고. 그래서
여자들은 고민한다. 남편이 가사노동을 잘 배우고 수행하도록
어떻게 독려해야 하는지 다양한 방법을 연구한다. 그런데 과연
효과적인 방법이 존재하나? 아니 그 전에 정말 이렇게까지
해야 하나? 여자들은 언제까지 밥 안 먹는 아이를 어르고
달래는 것처럼 남편 엉덩이를 두드리며 청소기를 쥐어 줘야

하나? 남편이 기분이 상해서 마지못해 시늉만 하던 자기 몫의
가사노동까지 포기해버릴까 봐 우리는 언제까지 전전긍긍해야
하나?

가르치는 것도 친절한 것도 여성의 에너지 소모지만 칭찬받는
것은 언제나 남편이다. 집 안에서 아내의 격려를 받는 것은
물론이거니와 밖에서조차. 하나부터 열까지 남편을 가르쳐서
지금의 남편을 만든 건 바로 나다. 그러나 나의 수고와 능력은
인정받지 못한다. 모두의 칭찬이 향하는 곳은 남편이다. 내
친구들조차 나의 고통에는 공감하지만 대단하다는 말 앞에는
남편을 주어로 놓는다. 집안일을 다른 남자들보다 잘해서,
못해도 해보려고 해서, 가르쳐줬을 때 짜증을 안 내서. 온갖
이유로 모두가 남편을 칭찬한다.

나는 남편의 관리자가 아니다. "그래도 네 남편은 시키면
하기라도 하지", "네가 힘들다고 말하면 따라주잖아" 같은 말들은
더 이상 듣고 싶지 않다. 시킨 일을 해서 칭찬받는 존재는 나와
동등한 성인이라 할 수 없다. 게다가 아내가 남편에게 해줘야
한다는 '우쭈쭈'는 서로 수고했음을 알아주는 격려나 감사
표현과 거리가 멀다. 남편의 가사노동에 대한 과도한 칭찬과
인정은 결과적으로 '내 일을 대신해줘서 고마워'를 의미할
뿐이다. 가사노동은 여성의 몫이라는 차별적인 성역할에서
벗어나지 못한 사고다.

우리는 제 몫의 가사노동을 하는 남자들을
당연하게 여겨야 한다.

무엇보다 배우자 의견에 귀 기울이고 대화를 통해 합의에
다다르고 행동을 바꾸려 노력하는 것은 함께 가정을 꾸리기로
결정한 성인이라면 반드시 가져야 할 태도라고 생각한다. 나는
나의 요구에 불성실하게 대응하는 사람과 미래를 도모할 수
없을뿐더러 나의 고통에 무감하며 이기적인 사람을 사랑할
자신도 없다. 이 사회에서 가정적이고 협조적이라 불리는
남자들은 사실 보통 남편일 것이고, 보통이라 여겨지는
사람들은 사실 나쁜 남편으로 좀 더 등급을 낮추어야 한다.
남성 배우자에게 적용되는 가사노동 참여의 사회적 하한선은
지금보다 훨씬 높아져야 한다.

가사노동의 고단함

가사노동은 언제나 내게 산더미처럼 느껴진다. 하고 돌아서면
다시 원상복구 되는 일, 조금만 늦장 부리면 손댈 엄두가 안 나게
부푸는 일, 단 한순간도 완벽하게 완성되지 않는 일. 나에게는
그러한 일이다. 뽀송하게 마른 속옷을 입는 아침에는 기분
좋지만, 그날 저녁에는 기분 좋던 속옷이 빨래감이 된다. 맛있게
요리를 만들어 먹는 순간은 기쁘지만, 맛있던 음식을 남기는
순간 세상에서 가장 하기 싫은 음식물 쓰레기 처리를 해야 한다.
어제 사용한 물컵을 치우면 오늘 사용한 물컵이 나오고, 변기

청소를 마친 후 채 몇 분도 지나지 않아 변기를 더럽힐 수밖에 없다. 이토록 유지 기간이 짧은 일이 또 있을까? 가사노동은 내게 보람의 영역이 아니다. 드디어 해치웠다는 안도감이고, 금방 다시 더러워질 거라는 허무함이고, 끝없는 영역의 끝없는 일들이 절대 끝나지 않는 스트레스다. 단지 이것이 내가 먹고 입고 씻고 자는 데 필요한 일이라 할 뿐이다. 내 삶을 지탱하게 해주는 노동이니까. 내가 원하는 것은 이 고단함을 모두가 알았으면 좋겠다는 것이다.

가사 분담은 가사노동보다 더 피로하다. 평화로운 가사 분담이라는 게 가능한지 여전히 의문이다. 가사노동은 잘 나뉘지 않는다. 워낙 자잘한 요소가 많고 총량이 가늠되지 않아 칼같이 나누기가 쉽지 않다. 게다가 가사노동은 안 하면 금세 표가 나지만 해도 표가 안 나기에 상대가 하는 일이 잘 보이지 않는다. 둘이 사는데 나머지 한 명이 가사노동에 적극적으로 참여하지 않는다면, 지금 내가 무슨 일을 하고 있는지, 가사노동에 얼마큼 에너지가 드는지, 어떻게 이 집안의 상태가 유지되는지, 안 하는 사람은 모른다. 그래서 가사노동에 관심 없는 사람은 문제가 드러나지 않는 한 아무 일을 안 해도 쾌적한 집의 상태가 유지되는 것이라 착각한다. 가사노동이 만약 남자의 일이었다면 남자가 하는 대부분의 일이 그렇듯이 이게 어떻게 하는 일이고 얼마나 힘든지 속속들이 분석되고 공유되었을 것이다. 가사노동에 종사하지 않는 사람이라도 누구나 고충을 알 수 있을 만큼.

가사 분담의 스트레스는 노동량보다는 불균형감에서 온다. 똑같은 노동이라도 내 일이라서 하는 것과 남이 제 몫을 다 하지 않아 내게 미뤄진 일을 하는 건 마음부터 다를 수밖에 없다. 한쪽이 아무리 분배하고 있다고 주장해도 더 무거운 추를 짊어지고 있는 쪽은 귀신같이 불균형을 감지하게 된다. 공평의 감각, 공정의 감각, 균형의 감각이 기울어질 때마다 가슴속에 화산이 하나씩 생기기 시작한다. 아내가 청소기를 돌리는 동안 컴퓨터 게임을 하며 발만 쏙 들어올리는 남편에게 화가 나는 이유가 그것이다. 단지 게임 때문이 아니다. 같이 퇴근하고 들어왔는데도 부엌으로 들어가 식사준비를 하는 아내를 외면한 채 텔레비전 앞 소파에 눕는 남편을 어떻게 사랑하고 존중할 수 있을까.

균형을 맞추기 위해서는 일단 익혀야 한다. 제대로 할 수 있어야 나눌 수도 있다. 그리하여 내가 찾은 가사 분담의 해답은 단 하나였다. 각자 영역을 맡아서 전담하기.

####### 전담하니 익히더라
그동안 남편이 불성실한 태도로 가사노동에 임했음이 입증된 건 영역을 명확하게 나누고 난 뒤였다. 한 영역을 전담하더니 부분만 담당했을 때는 관심 둘 필요가 없던 것들, 그러나 실은 가사노동의 핵심인 것들을 익혀나갔다.
이를테면 빨래의 총량과 그것을 처리하는 데 드는

노동량에 대한 감각, 속옷이나 수건이 떨어질 때쯤을 계산하여
어느 요일 어느 시간에 세탁기를 돌릴 것인지 하는 계획, 빨랫감을
소재별로 어느 선까지 분류할 것이며, 어떤 세제와 물 온도를
선택할 것인지와 같은 구체적 과정까지. 빨래가 세탁기 버튼을
누르는 것으로 끝나지 않는다는 걸 알더라도, 그래서 정확히
얼마큼의 품이 드는 일인지는 해보지 않으면 모르는 법이다.

그렇게 여러 영역을 골고루 맡으며 남편은 전체
집안일을 파악해 나갔다. 직접 맡아서 하니 준비와 예방에도
힘썼다. 센스나 호오, 숙련되는 시간, 영역별 능력치에서
정도의 차이는 있겠지만 가사노동을 아예 못 하는 사람은 없다.
친절하게 가르쳐주지 않으면 아무것도 못 하는 사람 또한 없다.
가르쳐주지 않아서 못하는 게 아니라 안 해서 모르는 것이고
맡아서 할 생각이 없어서 늘지 않는 것이다.

한번 어느 정도 평등한 상태를 만들어놓으니 그다음은
훨씬 유연해졌다. 지금은 각자 상황에 맞춰 노동량이나 시간,
영역이 달라지기는 하지만 아주 괴롭지는 않다. 가사노동의
고단함을 둘 다 잘 알고 있으니 육체노동이 부족할 땐
정서노동으로라도 균형을 맞추려 한다. 이제 남편은 나와 거의
동등한 동료가 되었다. 우리에게 맞는 노동 방법도 찾아나갔다.
정답이라기보다 가능한 하나의 예시로서 우리의 가사노동
규칙을 소개해본다.

❶   서로가 싫어하는 가사노동을 대신 수행한다. 모든
           일을 다 경험해보고 나니 각자 호불호가 생겼다. 매우

세밀하게 가사노동을 조각내어 그 안에서 덜 싫은
것들을 맡는다. 내가 욕실 하수구의 머리카락을 치우면
남편이 세제로 욕실 바닥을 닦는다. 남편이 세탁물을
털면 내가 건조대에 너는 식이다.

❷ 함께 할 수 있는 일은 함께 한다. 어떤 일은 둘이 할 때
훨씬 품이 덜 든다. 하기 싫은 마음이 제법 덜어지기도
한다.

❸ 가능한 한 동시에 일한다. 공동의 일을 하고 있는 상대에
대한 자연스러운 배려라 생각한다. 한 사람의 일이
끝나기 전까지 다른 사람도 이런저런 일을 찾아 하기로
정했다. (찾아보니
'One up, both up!'   √ 김은희. 한 사람이 일어나면 다른
원칙이라고 이름이   사람도 일어서자! (One up, both up!),
      한국양성평등교육진흥원 공식 블로그, 2015년
붙어 있다√.)   3월 3일.

❹ 마지막으로 상황에 따라 다르지만 명시적으로 정한
것만으로도 의미를 갖는 규칙이 있다. 내가 더 적은
노동량을 맡기. 여성에게 가해지는 가사노동에 관한
심리적 부담이 훨씬 더 크니 대신 물리적 부담을 덜
지자는 것이다. 은연중에 더 많은 노동을 하기 쉽다는
이유도 있다. 나도 남편에게 당당하게 주장하기까지
은근한 심리적 갈등과 저항을 겪었지만 합당한 방향이라

여긴다. 누구에게는 호의이자 여차하면 미룰 수 있는
일이 누구에게는 의무가 된다. 똑같은 일을 하고도
당연하게 여겨지는 사람과 어떤 식으로든 보상을 받는
사람의 입장은 다르다. 엄밀히 말해 물리적으로 같은
양의 일을 한다고 해도 실제로는 같지 않은 것이다.

그럼에도 여전히 나만 하는 노동이 있다

남편의 위생 관념에 가끔 의문이 든다. 남편은 결코 하지 않는
집안일의 리스트를 꼽아볼 때가 그렇다. 욕실의 핸드타월을 새
걸로 갈고, 거품이 잘 안 나기 시작하는 비누를 바꾸고, 봉투에
꽉 찬 쓰레기를 정리하고, 베갯잇과 이불보를 정기적으로
교체하는 일. 내가 생각하는 주기가 남편보다 영원히 빠른
일들의 목록이다. 남편에게 왜 하지 않는지 물으면 더
더러워지면 하려고 했다는 대답이 돌아온다. 나의 청결 기준이
더 엄격한 걸까 자문해보지만 아무래도 이상하다.

현관 신발 정리, 샴푸나 칫솔 같은 생필품 주문
등은 사소한 일처럼 보인다. 정말 사소하기도 하다. 그러나
사소하다고 해서 넘어간다면 결국 누군가는 사소한 일로 가득
찬 자루를 이고 가야만 한다. "별거 아닌데 누가 하면 어때?"라고
말한다면 "그렇게 별거 아닌데 너는 왜 안 해?"로 받아칠 수밖에
없다.

덧붙이자면 위 목록의 화룡점정은 따로 있다. 사소함의
끝처럼 보이는 일! 바로 양가 어머니에게 받은 반찬통을 만날

때 잊지 않고 돌려주는 것이다. 다 먹은 통을 남편이 직접
설거지하더라도, 또 이번에 드려야 한다고 남편에게 주지시켜도
내가 직접 챙기지 않으면 반찬통은 결코 주인을 찾아가는
법이 없다. 반찬통이 오래 돌아오지 않으면 양가 어머니는
누가 본분을 다하지 않는다 여길까? 남편이 여전히 자기 일로
여기지 않는 가사노동 중 하나다. 가사노동 자체가 보이지
않는 노동인데 그 안에 더 보이지 않는 노동이 있다. 너무도
소소하지만 도무지 쉴 수 없게 만드는 여성 몫의 가사노동이
존재한다.

　　　　어쨌든 개인적으로는 어느 정도 가사 분담을 해냈다.
오랜 시간과 시행착오를 거쳐 도달한 것이지만 공평한 가사
분담에 꽤 가까워졌다. 그렇지만 여전히 의문이 남는다. 우리
집 안에서 남편과 제법 평화롭게 가사를 분담하고 있으니
가사노동의 불평등에서 나는 해방된 걸까?

　　　　여전히 공고한 성역할 규범
"집안일은 여자 몫이지." 이렇게 노골적인 말은 이제 누구도
하지 않는다. 대신 상대에 따라 다르게 묻는다. 여자에게는
"남편이 집안일 잘 도와줘?"라고, 남자에게는 "와이프가 아침밥
차려줘?"라고. 혼자 사는 남자 방이 지저분하거나 냉동실에
인스턴트 식품이 가득한 걸 보고 사람들은 어서 장가가야겠다는
농담을 던진다. 반면 여자가 비슷한 농담을 듣는 순간은 요리를
좋아하거나 집을 잘 꾸미거나 과일을 능숙하게 깎을 때다.

우리 사회에서 주고받는 흔한 말들이 가사노동의 책임자로 여성을 가리키고 있다. 시대착오적이지만 동시에 시대의 반영이다. 가사노동을 아내가 주도해야 한다고 여기는 사람이 통계상 절반을 넘고 공평하게 가사를 분담하는 남편은 16.4퍼센트에 불과하다√.

명시적으로는 남녀평등 시대라지만 여전히 성차별은

√ 통계청. 2015년 일가정양립 지표.

사회를 지배하는 규칙이다. 아직도 내조는 자연스럽지만 외조는 특별하고 아내가 차려준 따뜻한 아침밥이 로망이라는 남자는 넘쳐난다. 공평한 가사 분담을 이루기 위해 고군분투하는 게 주로 여성이라는 사실은 가사노동의 부담이 누구 어깨에 무겁게 얹혀 있는지를 말해준다.

차별적 통념에서 자유롭기는 나 또한 쉽지 않았다. 남편이 집안일에 무지하고 무심한 것에 문제 제기를 하면서도 한편으로는 남편의 가사노동을 자연스럽게 받아들이는 데는 익숙하지 않았다. 과하게 미안해하고 또 과하게 고마워했다. 남편이 집안일 하는 모습이 왜 그리 사랑스러운지. 남자가 집안일을 할 때 섹시해 보인다는 말이 이런 뜻이었구나, 섹시함까지는 아니더라도 그에 대한 애정이 퐁퐁 샘솟는 것을 느꼈다. 그리고 그 마음은 자연스럽게 죄책감과 연결되었다. 남편은 본인 몫을 끝내면 언제든 소파에 누워 휴대폰을 보는데 나는 그렇게 잘 안 됐다. 노동량으로 따지면 분명 내가 더 많은데도 남편이 혼자 일하고 있는 순간에 안절부절못하며 공연히 다른 일을 찾아서 했다.

결혼 직후 내가 임금노동을 하고 있지 않았기 때문에 이러한 압박감은 더욱 심했다. 나한테 가사 분담을 요구할 자격이 있는지 확신하지 못하고 끝없이 자신을 검열했다. 비록 임금노동을 안 하면 가사노동을 도맡아야 한다고까지 생각한 것은 아니지만 완전히 떨쳐버릴 수 없는 '그래도'가 존재했다. '그래도 집에 있는 시간이 더 긴 내가 조금이라도 더 해야 하지 않나, 그래도 밖에서 일하고 오면 피곤할 텐데 집안일을 강요하는 건 너무 가혹하지 않나', 배려의 탈을 쓴 부담감이 나를 옥죄었다.

임금노동자라면 가사노동은 프리패스?

각자 성향과 상황에 맞춰 영역을 나누거나 시간과 체력의 여유가 있는 사람이 조금 더 맡는 식으로 노동량이 조금씩 다를 수 있지만, 가사노동은 기본적으로 한집에 사는 구성원들의 공동 책임이어야 한다. 태초 이래 여성이 생산노동에서 손 놓은 적이 없다는 사실을 뒤로 하더라도 재생산노동은 휴일도 은퇴도 없는 데다 사회적으로 제대로 된 가치평가도 이루어지지 않고 있는 점을 되새기면, 남자는 임금노동을 여자는 가사노동을 도맡는다는 관습이 결코 공평하지 않음을 알 수 있다. 당사자 간 합의가 아닌 성역할과 차별적 당위에 의한 불균형은 명백한 억압이다. 타인과 같이 산다고 혼자 사는 경우보다 노동량이 적어진다면 타인을 착취하고 있는 셈이다.

가사노동과 임금노동이 별개라는 명제는 남성들이 나쁜
쪽으로 정확히 지키고 있는 것 같다. 실제로 통계청에서 발표한
자료√를 살펴보면, 부부간
가사 분담에서 임금노동의 　　　　√　통계청. 2014년 생활시간조사 결과.
여부는 남성에게 그다지
중요하지 않은 것으로 보인다. 남편의 가사노동 시간이 남편
외벌이일 때 46분, 맞벌이일 때 41분으로 거의 차이가 나지 않기
때문이다. 아내 외벌이인 경우조차 남편 1시간 39분, 아내 2시간
39분으로 아내 혼자 돈 벌며 가사노동도 더 많이 하는 기가
막힌 통계까지 보면, 가사노동을 적게 하는 이유로 임금노동을
드는 것이 얼마나 어불성설인지 확인할 수 있다. 참고로 아내의
가사노동 시간은 맞벌이인 경우 3시간 13분, 남편 외벌이인 경우
6시간까지 늘어난다.

남성이 임금노동을 한다는 핑계, 잘 모른다는 핑계, 나보다
당신이 빠르다는 핑계를 대면서 가사노동에서 요리조리
빠져나려고 함과 동시에 그토록 기를 쓰고 회피하는 일을
사소하고 무가치한 일로 깎아내리려고도 한다는 점은 나를
황당하게 만든다. 내가 가사노동이 힘들다고 토로하자 한
중년남성은 "네가 하는 일이 뭐가 있냐?"라고 말했다. 내가
하는 일이 없으면 아침마다 세탁된 양말을 어떻게 신을 것이며
쓰레기는 어떻게 종량제 봉투에 담겨 버려지고 화장실의 빈
휴지심은 어떻게 새 걸로 교체될까. 전업주부는 집에서 놀면서
남편이 벌어오는 돈에 기생한다는 혐오에 기반한 사고방식은

가사노동의 경제적·물리적·공적 가치를 전혀 인정하지 않는다. 가사노동은 그 가치가 후려쳐진다.

온 사회가 나서야 하는 메시지

지금 우리 집에서 가사 분담이 물리적으로 공평하게 이루어진다고 해서 완전히 마음을 놓을 수 없다. 이것은 끝이 아니라 시작이다. 가사노동은 아무래도 여자의 몫이라는 사회 통념을 바꾸어야 한다. 의식적으로는 부정하지만 그렇기에 더 바꾸기 어려운, 암묵적으로 통용되는 고정관념에 문제를 제기해야 한다. 생활을 꾸려가는 성인이라면 누구나 일 인분의 가사노동을 책임지고 수행해야 한다는 사회적 합의가 형성돼야 한다.

파업할 수 없는 노동자를 사용자는 두려워하지 않는다고 한다. 오늘날 우리 사회에서 가사노동자가 여성이라면 사용자는 남성이다. 여성의 무급 가사노동이나 불균등한 가사 분담에 관해 사회적 논의가 이루어지고는 있지만 실질적 변화는 쉽게 오지 않고 있다. 지금처럼 가사노동의 다양한 가치가 무시되고 남자는 일, 여자는 가정(여러모로 틀린 문장이다. 가사노동도 일이다)이라는 고루한 차별의식이 건재하다면 가사노동 억압에서 벗어나고자 하는 여성들의 선택지는 파업이 될 수 밖에 없으리라.

딸이니까, 며느리니까

나와 남편의 합의에 따라 이번 명절은 시가가 아니라 내
본가를 먼저 방문할 순서라고 말했을 때, 엄마 대답은 "아이고
됐다"였다. 그냥 평범하게 시가부터 가라는 뜻이다. 명절 당일에
시가보다 먼저 내 얼굴을 보는 게 마음 편치 않은 '딸 가진
죄인'이라는 인식의 연장선이다. 기울어진 게 익숙한 세상에서
균형을 맞추려는 시도는 낯설고, 낯설어서 불편하다.

　　　　명절에 양가 방문 순서를 번갈아 가며 바꾸자는 규칙은
평등한 부부 관계를 만들기 위한 노력이자 가부장제에 대한 우리
부부의 저항이었다. 명절 당일 아침에 어느 가족과 함께 있을지
정하는 실제적인 효과를 넘어서 성평등을 추구하는 상징적
액션이었다.

　　　　그러나 기존 관습을 따르지 않는 게 불편한 내
부모에게는 유난스러운 딸의 이기적인 생각일 뿐이다.
지난번에는 시가를, 이번에는 본가를 먼저 방문하는 것은 내
부모에게조차 환영받지 못한다. 꼭 칼로 재듯 모든 걸 반씩
나누려는 유아적인 요구로 치부당하고 만다.

　　　　비출산을 고려 중이라는 내 말에 아빠는 "사위 부모님께
죄송해서 어떡하나"라며 한숨을 쉰다. 나를 시가에 아이
낳아주는 존재로 여기는 사람이 다름 아닌 내 아빠다. 만약 내
오빠가 아이를 안 낳는다고 했어도 아빠가 며느리 부모님께 큰
불효라고, 뵐 면목이 없어 고개를 들 수 없다고 말했을까. 내
아이를 시가 소속으로 보는 아빠가 내 자식과 오빠의 자식을

과연 똑같이 생각할 수 있을까. 딸과 아들, 딸과 사위, 딸 손주와 아들 손주에 대한 차별적 시각은 내 본가에도 뿌리를 내리고 있다.

　　이렇듯 체제에 순응하며 살아온 부모이기에 딸을 가부장적인 틀로 억압하는 것도 당연한 일일 것이다. 가끔 부모의 이중성을 지적하는 사례를 듣곤 한다. 며느리에게는 부조리한 대우를 하면서 딸이 시가에서 부조리한 대우를 받으면 분노한다는 부모의 이야기. 나는 차라리 이러한 부모의 아전인수격 이중성이 부러울 때가 있다. 일관적으로 가부장적인 내 부모는 딸조차 며느리 역할에 가두어버린다. 나를 볼 때 딸보다 며느리·아내로서의 정체성을 우선한다. 가부장제의 틀 안에서 딸은 부모에게조차 하나의 온전한 인간으로 존중받기 어렵다.

명절 현장에서 적나라하게 드러나는 여성 억압이 보기 싫어도 독박 노동하는 엄마를 두고 혼자 빠져나올 수 없어서 꾸역꾸역 자리를 지키고 노동에 참여하는 건 나, 딸이었다. 그러나 이 집안의 진짜 주인은 부엌이 분주할 때 어떠한 부채감도 없이 방에 드러누워 있거나 밖으로 나돌다가 완성된 차례 상 앞에서 절을 하고 술을 따르던 아들, 내 오빠라는 것을 결혼 후에야 나는 깊이 체감했다.

　　결혼 후에도 오빠는 여전히 내 부모의 자식이지만 나는 시부모의 며느리가 되었다. 오빠는 늘 부모의 자식이었고 결혼하고 아이를 낳아도 그것은 변함이 없다. 그러나 나는 사랑하는 사람과 가정을 꾸린 여성이라는 이유로 원가족 내 우선순위에서 밀려나 버렸다. 나의 우선순위는 어디까지 밀릴까. 부모의 장례식 때 남자 형제가 없으면 상주는 나의 남편이 된다고 한다. 내가 없었다면 아무 상관없는 남일 뿐이었을 사위가 단지 남자라는 이유로 나를 제치고 내 부모의 상주라는 것이다. 아들에게 밀리는 딸, 사위에게 밀리는 딸, 모든 남성에게 밀리는 여성의 자리에서 나는 가족으로서 대체 어떤 권리를 가질 수 있을까.

> 딸의 존재는 명절 일정에서도 결혼 지원금에서도
> 유산 분배에서도 앞서지 않지만
> 부모 봉양, 돌봄노동, 감정노동에서는
> 가장 먼저 이름이 불린다.

권리에서는 밀리는 딸이 의무에서는 우선시된다. 엄마는 아들에게는 하지 않는 하소연을 딸에게만 분출하며 "내가 너 아니면 어디다 이런 소리를 하겠냐"고 말한다. 부모가 입원한 병원에 자주 찾아오지 않는 아들보다 딸에게 훨씬 더 박한 평가가 내려지고 아내, 딸, 며느리, 여동생이라는 이름의 여성들이 환자 간호를 위해 병실을 채우는 것은 익숙한 풍경이다.

딸에게 강조되는 도리나 주어지는 과제 같은 것들을 떠올리고 있자면 묘한 기시감이 든다. 나는 시가에서 며느리라는 이유로 가족 행사를 챙겨야 하는데 본가에서도 딸이니까 가족

행사를 살펴야 하는 것이다. 날짜를 기억하고 만날 일정을 잡고
선물을 준비하는 건 아들과 사위의 일이 아니라 딸과 며느리의
일로 간주된다. 그래서 이쪽 집의 딸이자 저쪽 집의 며느리인
여성에게는 이중 노동이 부과되고 만다. 남성이 쏙 빠져나간
자리를 채우기 위해서 말이다. 권리는 적고 의무는 가득한
여성의 위치는 며느리일 때나 딸일 때나 아내일 때나 본질적으로
바뀌지 않는다.

결혼 후 내 부모에게 나는 후 순위 자식이 되었다. 내 부모에게
후 순위 자식인 내가 당연히 명절에 먼저 찾아가야 하는 시가에
가면 나는 그곳에선 어떤 존재인가. 어디서도 나는 일 순위가
아니다.

남편은 뭐래?

남편과 같이 유학을 준비하다가 멈추었다. 나는 언젠가 다시
유학하는 것을 고민 중이지만 남편은 여기서 창업을 해보고
싶어 한다는 말에 "그럼 너 유학 못 가겠네"라는 반응을 처음
맞닥뜨렸을 때 나는 대화의 길을 잃고 말았다. 남편이 한국에서
하고 싶은 일이 있다면, 나는 유학을 갈 수 없는 처지가
되어버린다. 나의 주거지는 남편과 분리되지 않으며, 남편의
계획이 내 계획에 우선한다는 전제가 깔려 있는 것이다.

여성들이 남편의 학업이나 직장을 따라 무연고지로 옮겨가는
것이 당연하다는 생각. 여성의 커리어는 언제든 바뀔 수 있고
쉽게 중단될 수 있다는 생각. 아무 의지할 만한 데도 없는 낯선
곳으로 삶의 터전을 바꾸고 그곳에서 새로운 일상과 관계를
꾸려야 하는 짐은 주로 여성에게 부과되고 있다.

결혼을 하니 지인들과의 대화에서 남편의 존재가 부각되기
시작한다. 나의 진로에 관해 이야기를 나눌 때 그들은 남편의
의견을 궁금해한다. 남편의 진로 계획을 말하면 당연한 듯이
거기에 나의 미래까지 끼워 넣는다. 나와 남편이 한동안 떨어져
지내거나 남편이 나를 따르는 선택은 존재하지 않는다. 그러니
가끔 내 커리어를 남편과 상관 없이 독립적으로 여기는 귀인을
만나면 그를 얼싸안고 싶을 만큼 반가울 수밖에. 남편을
동반자로서 존중하고 서로 합의하여 결정을 내리는 것과 무조건

아내가 남편을 따른다고 여기지 않는 것은 완전히 별개지만, 나를 비난하려는 사람들은 의도적으로 이 둘을 혼동하여 말한다. 내가 남편과 따로 움직여 나의 길을 선택하는 옵션을 고려하는 것이 남편을 무시하거나 불쌍하게 만드는 일이라 주장하는 것이다. 나는 단지 남편의 커리어가 세상에게 독립적으로 여겨지는 딱 그만큼 내 커리어도 존중받기를 바라는 것인데, 이러한 내 욕망은 욕심으로 간주될 뿐이다.

출산과 비출산 사이에서 고민할 때 사람들은 내게 묻는다. 왜 그렇게 생각하는지, 노후나 외로움이 두렵지는 않은지, 성숙과 희열을 놓치는 게 아쉽지 않은지. 내 모든 대답에도 미심쩍은 표정을 지우지 못하다가 마지막에 이르러 참았다는 듯이 묻는다. "남편은 뭐래?" 남편과 충분히 대화와 합의를 거치고 있고 방금 내가 한 말들은 대부분 그 결과라는 말을 하면 그제야 사람들은 주춤한다. 조금 소강상태로 그러나 여전히 끈질기게 질문을 이어가다가 남편이 나보다 '오히려' 확고하다는 최후의 확인을 거쳐야 대화가 마무리된다. 비출산에 있어 나보다 남편의 의견이 중요하고 남편이 결정권을 가지며 남편의 허락이 있어야만 납득할 수 있는 것인 양. 합의가 아니라 허락이라는 뉘앙스가 아주 교묘한 방식으로 전달된다.

머리카락을 빨갛게 염색할까 했더니 부모가 걱정했다는 우스갯소리를 하는데 옆에 있던 누군가 묻는다. "남편이 괜찮다는데 부모님이 뭐라고 하세요?" 결혼하니 이제 나의 주인은 공공연하게 남편이 된 것 같다. 나의 머리색을 정하는 건 부모도 남편도 아닌 나 자신이라는 사실이 언제쯤 사회적으로 합의가 될까.

결혼했는데 왜 입사하셨어요?

가부장제 사회에서 여성의 노동은 쉽게 지워진다. 아무리
내 옆 책상에 여성이 앉아 있고 회의실에 여성이 들어와도
우리의 관념 속에서 여성은 생계를 책임지는 사람이 아니다.
가부장제 사회에서 여성에게 부여되는 가사, 돌봄, 육아노동은
임금노동에 비해 저평가되어 왔고, 임금노동에서조차 여성의
노동은 외면돼 왔다. 건물의 남성 경비는 보아도 여성 청소부는
보지 않고, 건설 현장의 남성 작업자는 자연스럽게 인식하지만
여성 작업자가 시멘트를 넣고 페인트를 칠하는 모습은 존재하지
않는 것처럼 치부한다. 그리하여 급식실에서 고된 노동을 하고,
이삿짐을 싸고, 포크레인을 모는 여성노동자가 있어도 고강도
육체노동에는 남성만 종사한다는 왜곡된 사회적 울분이 쌓인다.

여성의 노동은 보이지 않으니 존중받기를 기대할 수도 없다.
내가 회사와 먼 곳으로 이사를 간다면? "그럼 그만두어야지 뭐."
시부모는 아주 쉽게, 마땅하다는 듯 나의 직업에 관해 결론을
내린다. 내가 버는 돈은 우리 가정의 부수입으로 취급받는데
시모가 오랫동안 맞벌이를 했음에도 온전한 경제주체가 된 적이
없는 것과 마찬가지다. 그분들은 나의 직업에 그다지 관심이
없다. 시부모에게 나의 경력, 의사, 진로 계획은 중요한 게
아니다.

시부모에게 중요한 건
나의 며느리 노릇과 관련된 것
―건강과 임신 가능성, 외모, 씀씀이, 내조―
뿐이다.

시가와 만나면 대화의 주된 소재는 남편의 직장 이야기다. 무슨 업무를 하고 동료들은 어떤지, 수입은 얼마나 되고 회사의 발전 가능성은 어느 정도인지, 그리고 장단기적인 진로 계획까지 시부모는 남편의 직업에 관해 많은 것들을 궁금해한다. 반면 내 차례가 되면 돌아오는 질문은 단 하나. 아무리 시간이 흐르고 만남이 반복되어도 변함이 없다. "요새 날씨가 더워서, 추워서, 눈비가 많이 와서, 미세먼지가 심해서 출퇴근하기 힘들지 않니?" 나의 출퇴근길을 걱정해주는 시모에게 감사하지만 온전히 감사하기에는 역시 부족하다. 내 직업에서 중요한 부분이 출퇴근만 있는 게 아니다. 이렇게 주변적인 이야기 말고 나도 남편처럼 내 업무의 특성과 의미와 고충에 대해 말하고 싶다. 그러나 시부모는 내가 어떤 일을 하는지 그다지 궁금해하지 않는다.
　　　반면 남편은 나의 부모에게서도 직업에 대해 핵심적인 질문들을 받는다. 내 부모는 남편의 직업과 직책, 업무를 정확히 인지하고 있다. 그리하여 나는 시부모를 만나든 나의 부모를 만나든 내 일보다 남편의 일에 훨씬 더 관심이 쏠리는 것을 바라봐야 한다. 양가에서 나와 남편의 커리어는 같은 무게로 취급되지 않는다. 공적 영역의 커리어가 어떤 형태로든 끊기지 않을 거라고 여겨지는 사람과 언제든 끊길 수 있다고 여겨지는 사람의 일은 결코 동등한 지위를 가지지 못한다.

나도 노동을 내 정체성의 중요한 부분으로 인정받고 싶고 진지한 직업인으로 인식되고 싶다. 나는 집 안에서 재생산노동을 해도 진지한 직업인이 아니고, 집 밖에서 생산노동을 해도 진지한 직업인이 아니다. 나의 커리어가 결혼하기 전에, 출산하기 전에, 혹은 아이가 더 크기 전에 임시적으로 하는 일처럼 취급받는 것에 분노와 무기력을 동시에 느낀다. 다른 어떤 차별보다도 나를 슬프게 만든다. 진로는 언제나 내 삶의 핵심적인 영역이었다. 잘하고 못하고 싫어하고 좋아하는 일을 알기 위해 많은 시간을 보냈고 원하는 일을 하기 위해 경험과 시행착오를 겪어왔다. 그 시간과 마음을 모두 알아줘야 한다는 게 아니다. 단지 내 옆에 앉은 남편, 나와 동등하다고 여기는 사람의 커리어와 같은 정도의 존중을 받고 싶을 따름이다. 적어도 여자라서 내 커리어가 가볍게 여겨지는 일이 없길 바라는 것뿐이다.

여성은 개인적 야망이나 환경과 관계없이 언제든 일을 그만둘 가능성이 있는 잠재적 퇴사자 취급을 받는다. 결혼하지 않은 상태면 임시로, 재미로, 자아실현을 위해, 결혼할 때 직업이 있는 게 아무래도 좋아서 일하는 게 되고, 결혼한 상태라면 역시나 임시로, 가정의 추가 수입을 위해, 아이들의 간식비와 학원비에 보태려고, 용돈 벌이로, 조금 더 악의적으로는 일 욕심이 많아서, 이기적이라서 일하는 게 된다. (가사, 돌봄, 육아노동을 해야 하는데 그것에 온 에너지를 쏟지 않고 임금노동을 하니 이기적이라는 것이다. 본분이 아니기에 여성의 일은 자기 자신을 위한 게 된다.) 직업인이나 노동자는 여성의 주된 정체성이 되지 못한다.

결혼 후 새로 들어간 직장에서 "결혼했는데 왜 들어오셨어요?"라는 질문을 받고 나는 말문이 막혀버렸다. 질문의 전제부터 잘못되었다는 걸 상대의 기분이 상하지 않게 지적하는 방법도 몰랐다. 지금에 와서야 최대한 건조한 말투를 유지하려 노력하면서 결혼과 취업이 어떤 상관이 있냐고 되묻는 시뮬레이션을 해보지만 그때는 제대로 답하지 못했다. 질문에 충분한 대답은 아니지만 이 일을 하고 싶다고만 말했다. 진심이었다. 말 그대로 '여기에 왜 들어왔냐'는 질문이었다면 나는 할 말이 아주 많았을 것이다. 그러나 동료가 궁금해하는 것은 그것이 아니었다.

여성이 가장이나 생계 부양자로 인정받지 못하는 것은 실제로 가장이 아니라서가 아니라, 남성들이 생계 부양자 타이틀을 놓지 않으려 하기 때문이다. 외벌이가 힘들다고 토로하지만 아내가 맞벌이를 할 때 가사, 육아, 돌봄노동을 본인이 얼마큼 맡을지는 아무 관심 없는 남성들을 보면, 맞벌이든 외벌이든 생계 부양자로서 생색내기와 위로받기에만 관심이 있는 것 같다.

여자에게 좋은 직업이라고?

초중고, 대학의 교육과정을 거치면서 여자와 남자가 동등하게 경쟁한다는 환상을 갖는다. 아니, 여자와 남자가 동등하게 경쟁한다는 명제 자체를 의식하지 않는다. 당연한 일이니까. 같은 책을 들고 같은 선생님에게 수업을 듣고 같은 시험을 치르며 여성과 남성은 동료이고 선후배이고 친구인 줄로만 안다. 나 또한 내가 여자라는 점이 내 삶을 이렇게 좌우할지 알지 못했다. 그렇지만 은연중에 사회는 메시지를 던져 왔다. '여자에게 좋은 직업'이라는 표현은 지금 돌이켜보니 강력한 암시였다.

> '여자에게 좋은 직업'은 정시퇴근이나 육아휴직이
> 가능해서 가사와 양육에 시간을 할애할 수 있고,
> 정년이 보장되어서 안정적으로 월급을 받지만
> 그렇다고 너무 많은 돈을 벌어 남편을 기죽이지도
> 않는 직업을 말한다.

다시 말해 '여자에게 좋은' 게 아니라, '여자에게 돌봄노동과 임금노동을 이중으로 시키기에 좋은' 직업이 정확한 정의인 것이다.

대학에서 재무관리 수업을 듣던 중이었다. "여학생들은 회계사 준비 많이 해요." 교수가 우리를 독려했다. 업무시간이 여유롭고 일정 기간 쉬었다가 다시 일하기도 용이해서 여자가 하기에 좋은 직업이라는 게 이유였다. 그 학기에 나는 여성학개론을 수강하며 성평등에 관해 배우고 있었는데도 불구하고 위 발언의 문제점을 전혀 인지하지 못했다. '너희는 무엇이든 될 수 있어'라는 눈빛으로 우리를 한계에 가둘 거라고는 상상하지 못했다.

그런데 그다음 주 여성학개론 수업에서 일상 속 성차별을 주제로 토론하던 중, 한 학생이 나와 같은 재무관리 과목을 듣는지 위 발언에 대해 문제를 제기하는 게 아닌가. 그러자 교수와 학생들이 명백한 성차별적 발언이라고 규탄하기 시작했다.

그 순간 나는 내가 성차별 발언에 대해 '아 그런가……' 정도로 수긍했던 것에 1차 충격을 받았고, 다른 사람들의 비판을 들으면서도 그 말이 왜 성차별인지 여전히 이해가 안 가는 데 2차 충격을 받았다. 속으로는 '그 발언이 현실적인 조언이고 재무관리 교수가 여학생들을 위하는 마음으로 한 말 아닐까'라고 생각했던 것 같다. 회계사라는 직업이 사회적으로 괜찮은 지위와 보상을 받는 축에 들기 때문에 더 쉽게 함정에 빠졌던 것 같다.

지금 생각해보면 그 교수의 발언은 여성의 직업 선택에 한계를 두고 자유로운 능력 발휘를 가로막는 발언이다. 내가 잘하고 좋아하는 게 아니라 여성으로서의 임무를 잘 해낼 수 있는지를 기준으로 직업을 선택하라는 뜻이다. 여성을 위한 조언이 아니다. 여성의 이중노동으로 이득을 보는 사람—남성을 위한 조종이나 다름없다. 교사나 공무원 등의 안정적인 직업(객관적인 시험을 거쳐 들어가고, 출퇴근 시간이 일정하고, 정년이 보장되는 등)이 좋다는 말은 물론 현실적으로 맞는 면이 있다. 그러나 왜 여성에게 유독 이 직업들이 좋은지, 기울어진 현실에 대한 아무런 인식 없이 '여자에게 좋은 직업'을 권하는 것은 뿌리 깊은 성차별을 긍정하고 더욱 공고하게 만들 뿐이다.

결혼해주세요, 임신해주세요, 나가주세요

결혼과 임신은 여성과 남성의 직장 생활에 극단적으로 다른 영향을 미치는 사건이다. 남성이 결혼하고 배우자가 임신하면 갑작스럽게 조직은 그 남성에게 책임감이 생기고 업무 능력이 커진 것처럼 대우한다. 어깨가 무거워졌다며 높은 고과를 몰아주고 좋은 포지션에 앉히는 식이다. 반면에 같은 상황이 여성에게 발생하면 그 여성은 조직에 엄청난 민폐를 끼치는 존재이자 업무 능력이 떨어진 사람으로 취급받는다. 육아휴직이라도 다녀오면 승진과 고과는 포기하는 게 암묵적인 룰이다. 여성은 가장이 아니라는 이유로 남성에게 성과를 양보하거나 희생하도록 종용받는다. 여성이 사는 세상과 남성이 사는 세상은 상상하지 못할 정도로 다르다.

얼마 전 대리로 승진한 성실하고 유능한 친구를 만나 진로에 관한 고민을 나누었다. 지금 직장에도 만족하지만 좀 더 넓고 다양하게 능력을 펼칠 수 있는 업계 선도 기업으로의 이직을 고려하다 마음을 접었다고 했다. "내년 초쯤에 임신 계획이 있는데, 지금 이직하면 몇 개월 다니다가 임신을 하는 거고, 그건 너무 치명적이잖아." 어떤 부연 설명 없이도 자동으로 고개가 끄덕여졌다. 무척이나 씁쓸했다.

여성의 임신이 커리어에 치명적인 것이 오늘날 현실이다. 면접에서 여성에게는 애인, 결혼, 임신 계획의 유무가 주요 질문으로 등장한다. 채용 시 혼인과 임신을 이유로 차별하면 안 된다고 법✓으로 지정되어 있는데도 불구하고 말이다. 대학원에서 박사과정을 시작할 때 얼마 동안은 임신하지 않겠다고 교수에게 약속하는 경우도 있다.

✓ 고용정책 기본법 제7조. 사업주는 근로자를 모집·채용할 때에 합리적인 이유 없이 성별, 신앙, 연령, 신체조건, 사회적 신분, 출신지역, 학력, 출신학교, 혼인·임신 또는 병력(病歷) 등(이하 "성별등"이라 한다)을 이유로 차별을 하여서는 아니 되며, 균등한 취업 기회를 보장하여야 한다.

> 결혼, 임신, 출산, 육아는 여성의 삶에서
> 커리어의 자리를 위협하고 대체한다.
> 그렇다고 결혼, 임신, 출산, 육아가
> 경력으로 인정되는 것도 아니다.

진로 계획을 짜면서 결혼과 임신, 출산, 육아의 여부와 시기를 고려하지 않는 여성은 아마 없을 것이다. 남성 개인에게 결혼과 육아는 커리어와 별개로 움직이는 요소이나 여성에게는 아니다. 공적 커리어를 무섭게 위협하는 요소이며, 가끔은 공적 커리어보다 사회적으로 인정받는 과제이기도 하다. 잘 풀리지 않는 커리어에서 결혼으로 도피하는 여성이 나오는 것도 이같은 맥락이다. 동일한 자격을 갖추어도 여성에게는 남성만큼 안정적인 커리어나 충분한 연봉이 보장되지 않으니까.

애초에 여성에게는 기회도 임금도 적은데 결혼이나 임신은 공적 영역에서의 입지를 더욱 불안정하게 만든다. 여성 직원이 결혼하면 계약직으로 밀어내고 임신하면 퇴사를 종용한 남양유업의 사례는 극단적일지언정 전형적 사례다. 결혼이나 임신으로 인해 경력이 끊기면 이후 커리어는 더 나빠질 가능성이 크다.

끝없는 악순환이다. 가사, 돌봄, 육아노동이 여성의 몫이라는 성역할에 대한 고정된 인식으로 인해 여성은 언제든 회사를 떠날 사람으로 여겨지고 회사는 지레 여성들을 덜 뽑거나 덜 승진시킨다. 이렇게 재생산노동은 여성의 몫이 되고 누군가 집에서 재생산노동을 대신해주는 사람이 있다는 전제로 야근을 시키고 출장을 보내는 회사에서 여성들은 설 자리를 더 잃는다. 승진도 임금도 적으니 가정 내에서 누군가 일을 그만둬야 할 상황이 되면 여성이 남성보다 더 쉽게 그만둘 수 있는 사람이 된다. 그렇게 공적 영역에서 점점 밀려난다. 공적 영역에서 제대로 대우받지 못하는 여성들은 가정으로 몰리고 가정 내 노동에 대해 정당한 가치 평가를 받지 못하는 사회에서 여성은 쉽게 남성에게 경제적으로 종속된다.

결혼과 출산을 하라고 그렇게들 강조하면서, 그 과제를 수행하지 않으면 진정한 어른이 되지 않으며 무려 애국자가 아니라고 비난하면서, 막상 현실에서는 과제 수행의 대가로 불이익을 준다. 대부분의 짐을 여성 개인이 짊어지게 만든다. 국가와 기업은 여성의 상황을 나아지게 만드는 노력은 기울이지 않은 채 변함없이 억압하며 요구할 뿐이다.

결혼이나 출산을 민폐로 만드는 건 개인이 아니라 사회다. 조직이 해야 할 일을 구성원에게 떠넘김으로써 해당 구성원 개인의 문제, 즉 '민폐'로 만드는 것이다. 정당한 배려가 필요하다는 인식이나 차별을 방지할 시스템은커녕 오히려 아직 하지도 않은 결혼과 출산을 핑계로 취업에서부터 불이익을 줘버린다. 휴직기간 동안 대체인력을 뽑지 않고 육아 비상 상황을 인정하지 않는 등……. 결국 개인이 지쳐 나가떨어지도록 만든다. 온 사회가 여성을 구조적이고 치밀하게 배제해왔다고밖에 볼 수 없다.

여자로 산다는 건 어떤 행동을 해도
이기적이라는 딱지를 피할 수 없는 것만 같다.
여성은 아이를 낳고 커리어를 지속해도 이기적이고,
그렇다고 아이를 낳지 않고
커리어에 집중해도 이기적이며,
전업주부를 하면 남편 돈으로 놀고먹어서 이기적,
결혼을 안 하면 안 하는 대로 이기적인 사람이 된다.
어떤 선택을 내려도 비난받는,
모든 선택지가 벌칙인 삶이다.

4 오늘의 결혼을 거부하다

가족은 건드리지 마?

결혼은 정다운 말들로 단단하게 싸여 있다. 배우자, 부모, 동기간 등 내가 사랑하는 사람, 내가 선택한 사람이라는 거대하고 신성불가침한 사적 관계에 꽁꽁 묶여 있다. 결혼이란 세상에서 가장 아름답고 행복한 일이며 가족은 세상에서 가장 따뜻하고 소중한 존재여(야 해)서 혹여 포장을 벗기려는 시도는 곧바로 비인간적이고 냉정하다는 비난을 받는다. 차갑고 이성적인 말들로 결혼과 가족의 본질을 낱낱이 해부하면 설사 그 말이 사실이라 하더라도 본능적인 거부감을 불러일으킨다. 두꺼운 장막을 걷으려는 순간 강력한 반발에 부딪친다. 매일 만나는 사람, 누구보다 가까운 사람, 남이라고 생각할 수 없는 사람을 비판하는 일은 결코 쉽지 않다. 미워하지 않기 위해 우리는 때로 눈을 감아버린다. 사람들은 타인이 스스로 결혼과 가족을 비판하는 모습을 마주하는 것도 불편해하지만, 그가 자신의 가족을 비판하는 일은 더 견디지 못한다. 가족이 비판당하는 것을 자기 존재가 공격당하고 무너지는 것처럼 느끼기도 한다.

가리키는 방향을 보고 싶지 않아서 애꿎게 가리키는 손가락을 탓한다. 결혼을 비판하는 사람은 객관적이거나 타당한 주장을 한다고 여겨지기보다 투덜대는 사람이 되기 쉽다. 불평불만이 많은 비관주의자, 진정한 사랑을 모르는 사람, 양보와 희생의 미덕을 갖추지 못한 철없고 이기적인 사람, 편협하고 자기 세계에 갇힌 사람. 손가락을 공격하여 메시지를 없애는 언어는 굉장히 많다.

그리하여 결혼 제도로 인한 고통을 토로하는 일은 퍽 까다로워진다. 결혼 제도와 결혼 생활은 잘 구분되지 않고, 구조에 대한 비판은 곧바로 개인을 향한 공격으로 여겨진다. 물론 결혼 제도를 이야기할 때 그 안에 들어 있는 사람들 하나하나를 떼어놓고 생각하기란 불가능하다. 개인을 비난하는 일과 필연적으로 섞이기도 한다. 가부장제가 부당하다고 말하는 일이 내가 남편을 사랑하는 것에 위배되는 게 아닌데, 이를 굳이 풀어서 설명해야 한다는 점에서 나는 피로를 느낀다. 남편을 사랑한다고 해서 내가 고통스럽지 않은 게 아니다. 사랑하고 행복한 것과 가부장제에 갇히는 것은 별개의 문제다. 남편과 시부모 개인만의 문제가 아니지만 그들 개인에게 문제가 없는 것도 아니다. 남편이 한국에서 남성으로 살아오며 체득한 특성이 나를 괴롭게 하는데, 그렇게 배워왔다는 걸 이해는 하지만 변명이 될 수는 없다. 언제까지 이렇게 구구절절한 설명을 덧붙여야 할까.

정다움이라는 장막이 두꺼울수록 장막 안에서 여성이 받는 고통은 정당성을 얻기 힘들다. 결혼과 가족을 정다움이라는 가치로 굳건히 보호하려 드는 것이 여성의 입을 막기 위함은 아닌지 의심스러워진다.

결혼과 가족 안에서 여성 고난의 서사는 거의 국민 스포츠급으로 소비되어 왔다. 이 사회는 여성의 고통을 오락거리마냥 전시하고 즐긴다. 고통이 극한에 다다를수록 짜릿함도 커진다. 그러면서 암묵적으로 메시지를 던진다. 이렇게 끔찍하게 고통받지 않는 여자들은 아주 양호한 거라고, 그러니 지금의 상황에 만족하고 순응하라고. 결혼 제도 안에서 여성이 받는 고통을 근본적으로 해소할 생각은 없다.

이 사회가 보기 싫어하는 건 갈등이 아니라 갈등을 비판하는 여성이다. 여성의 고통이 아니라 여성의 고통을 해결하자는 목소리를 두려워한다. 여성이라는 개인을 외면하고, 여성이 참고 견딤으로써 유지될 집단의 평화만을 강조한다. 여성의 희생이 고귀한 미덕인 것처럼 기만적인 태도를 취하면서.

고생스러운 시집살이 후 여전히 가부장제 안에서 행복을 찾는 여성 서사는 그래서 아주 해롭다. 결말은 항상 모두의 화합이지만, 다 같이 웃고 있는 가족사진에서 누가 참고 누가 희생해야 하는지는 정해져 있다. 시집살이는 전시될 뿐, 애초에 왜 여성이 고된 시집살이를 해야 하는지에 관해서는 아무도 묻지 않는다.

여자에게 좋은 결혼은 없다

역할놀이

20대 시절의 일이다. 나는 애인을 만나기 전에는 술을 마시고 나서도 혼자 멀쩡히 집에 잘 찾아갔는데 애인이 생긴 후로 그에게 의지해 귀가하곤 했다. 그가 학교에서 시험공부를 하고 있다는 사실을 알면서도 술자리가 끝나면 친구들이 애인을 부르지 않으면 안 될 정도로 취해서는 그가 내게 헐레벌떡 달려오게 만들었다.

그가 취한 나를 데리러 오고 집까지 데려다주는 게 나를 보호하는 거라 여겼다. 또한 사랑받는 거라 느꼈다. 여성은 남성에게 보호받아야 사랑받는 것이고, 내 사랑을 남성에게 표현하기 위해서는 그를 돌보아야 하는, 역할극이 우리 앞에 있었다. 나는 거기에 어느 정도 충실했고 어느 정도 즐기고 있었다.

연애라고 해서 즐거운 역할극만 있는 것은 아니었다. 나는 애인이 여자 친구들을 새로 사귈 때면 불안해하며 경계했다. 오래된 친구는 갑자기 스파크가 튈 가능성이 없을 것이고 이미 그들이 있는데도 나를 선택했기 때문에 안심해도 되지만, 새로 만나는 사람과는 사랑에 빠질 가능성이 있으니 경계해야 한다는 게 그때 내 생각이었다.

그래서 애인이 입사한 회사에서 마음 맞는 사람들을 만나 2박 3일 여행을 간다고 했을 때 나는 아주 못마땅했다. 평소 개인의 자유의지와 선호를 가장 소중히 여기는 사람답지 않게

140

나는 그의 행동을 제약하려 들었다.

여행을 가지 않았으면 하는 내 뜻을 그가 쉽게 따르지 않자 내 감정은 질투에서 분노로 바뀌어갔다. 그가 나를 존중하지 않는다고 생각했고 내가 이렇게 싫다는 데도 굳이 가고 싶다니 분명 내가 우려할 만한 이유가 있을 거라고 확신했다. 긴 대화 끝에 그가 간만에 마음 맞는 친구들을 만난 게 신이 나서 단체 행동에 빠지고 싶지 않다는 말을 했고 그제야 평소답지 않은 그의 단호함을 이해할 수 있었다. 그럼에도 나는 주장을 완전히 굽히지는 않아 결국 그가 1박 2일 여정으로 다녀오도록 만들었다.

그때를 떠올리면 나 자신이 낯설게 느껴진다. 내 모습이 아닌 것만 같다. 뭐에 씌었나 싶을 정도로 당시 질투의 감정은 강렬했다. 지금과 비교하면 이질감이 너무나 크다. 지금의 나는 그가 여자 친구들을 만나는 일정이 무척 기쁘다. 남자 친구들을 만나는 것보다 훨씬 더 반갑다. 남편이 많은 여성을 만나고 그들의 이야기를 듣기를 바란다. 남편이 여자 친구들과 의미 있는 시간을 보내고 올 것이라 기대한다. 그들을 만나고 와서 내게 하는 이야기들이 흥미롭고 좋다. 예전과 비교하면 나는 완전히 바뀌었다. 과거의 내 질투는 정말 내 것이었을까 싶을 정도로.

로맨스와 관련해서는 만약 남편이 여러 사람을 만나는 과정에서 누군가와 사랑에 빠진다면 그것도 어쩔 수 없는 일이라고 생각한다. 체념은 아니다. 어쩌면 실제로 이별을

겪지 않아서 할 수 있는 나이브한 말일지도 모르겠지만 아무리
생각해도 어쩔 수 없는 일이지 싶다. 그 과정에서 그가 나를
기만한다면 그것은 별개의 문제—나와 남편 사이의 신뢰의
문제—일 것이다. 그와 헤어지거나 그가 더 이상 나를 사랑하지
않는 데서 오는 슬픔과 별개로, 남편의 로맨스가 내가 막을
수 있다거나 막아야 할 일이라는 생각이 들지 않는다. 지금은
없지만 생길지도 모르는 가상의 관계를 경계하는 데 에너지를
쓰는 것이 아니라 지금 여기에서 우리의 관계를 잘 만들어나가는
데 힘쓰는 것이 낫다고 생각한다.

낭만이나 로맨스, 성애의 방식은 얼마나 많은 부분이 사회에
의해 만들어졌을까. 사랑하는 것, 사랑받는 것의 내용을 우리는
어떻게 구성하고 어떻게 만든 걸까. 이미 정의되어 있는 규범에
우리는 얼마나 얽매여 있을까.

로맨스의 퇴장

상상해보자. 당신이 길을 걷다 서서 무척 낭만적인 분위기의
고급 레스토랑을 들여다본다. 통유리창 안쪽에 마주 앉아
식사하는 두 사람이 있다. 말끔하게 차려입었고 꼿꼿하게 앉아
서로에게 집중하고 있다. 그들이 로맨틱한 관계라고 전제할 때
당신은 그들을 결혼한 부부, 연애 중인 커플, 처음 만나 소개팅을
하는 사람들 중 어느 쪽으로 예상하겠는가? 결혼한 부부보다는
연애 중인 커플, 연애 중인 커플보다는 처음 만나 소개팅을 하는

사람들일 가능성이 높지 않을까?

　　　　연애 역할극에서 가장 큰 비중을 차지했던 로맨스는
자리에서 조용히 물러난다. 결혼 역할극에 있어 더 이상
로맨스는 중요치 않다. 로맨틱한 시간을 갖는 것이 연애 혹은
연애 초기에 한정되는 것은 아무리 생각해도 이상하다. 어차피
사라지고 말 거라면 로맨스와 결혼을 연결 짓는 것을 그만둬야
할 텐데. 위 커플의 저녁 식사를 좀 더 들여다보면 우리는 식당
예약을 남자가 했으리라 추측해볼 수도 있다. 연애 기간 동안만
남자가 여자를 기쁘게 하기 위해 정성을 들인다는 규범도 무척
이상하다. 남자는 결혼 전 여자에게 무얼 기대하고 결혼 후에는
또 무얼 기대하는가.

　　　　두 사람이 결혼을 하면 가족이라는 단위가 생겨난다.
유교 문화의 뿌리가 깊은 한국 사회에서 가족은 강력한 힘으로
보호되며, 가족을 중심으로 도리, 규범, 역할, 관습과 같이
도덕적으로 우월한 것들이 생겨나 결혼한 남녀를 둘러싼다.
말랑한 로맨스는 설 자리를 잃는다. 결혼 관계에서 아내와
로맨스를 적극적으로 이어가는 남성을 가정적인 남편, 애처가,
팔불출이라 칭하거나, 로맨스를 지향하는 여성을 소녀, 공주,
철부지(남성보다 조금 더 부정적인 뉘앙스)로 구분짓고, '아직도
연애하는 커플 같은 부부'라고 말하는 예들은 결혼 후 로맨스가
얼마나 천덕꾸러기 취급을 받는지 보여준다.

　　　　연애의 결실이 결혼이라면서, 막상 결혼하고 나면 연애
감정을 지속하는 게 부자연스러워지는 건 어찌된 영문일까.
사랑하는 사람과 같이 있고 싶어서, 평생을 약속하고 싶어서

결혼한다는 관념은 사람들을 결혼으로 유인하려는 눈속임일
뿐일까. 결혼이 로맨스의 완성이라는 말은 이제 로맨스는 끝내고
다른 역할에 충실하라는 뜻이었나. 결혼으로 이끌었던 말랑하고
따뜻한 가치들이 더는 중요치 않게 다뤄지고 의무로 대체되는
과정이 나는 혼란스럽다.

모두가 그런 건 아니더라도

나의 결혼 생활을 이야기하면 누군가는 이렇게 말한다. "아니
요새도 그런 시가가 있나요?" 또 누군가는 이렇게 말한다. "운이
좋은 편이네요. 남편이 착하네요. 좋은 시가를 만난 거예요."
내가 제일 싫어하는 반응은 이런 것이다. "제가 아는 어떤 부부는
오히려 남자가 차별을 받고, 남편으로서 이런 걸 해야 하고,
사위로서 저런 걸 해야 하고, 그래서 남자도 힘들고, 남자도
불쌍하고……"

초등학생일 때 티셔츠에 청바지를 입고 학원에 가려고
상가 계단을 오르다가 어떤 남성에게 성추행을 당하는 일을
모든 여성이 겪는 것은 아니다. 그렇다고 해서 남성이 여성에게
성폭력을 저지르는 문화가 없다고 말해도 될까? 아니다. 수많은
개별 사례가 모여 공통적으로 형성하고 있는 줄기, 폭력의
줄기를 우리는 바로 보아야 한다.

마찬가지로 억압의 경험이 없는 기혼여성이 있다는
것이 가부장제가 존재하지 않음을 증명하지 않는다. 그럼에도
결혼 제도와 가부장제가 만들어내는 문제를 개별 문제로

취급하는 말들은 쉽게 테이블 위에 올라온다. "모든 남편이 그런 건 아니야, 오히려 아내가 남편을 휘어잡는 경우도 많아, 어떤 시가는 며느리 때문에 고생한대, 결혼은 남자에게도 힘들어, 요새는 며느리가 상전이라는데, 네가 이상한 시가를 만났네."

"그러게 왜 그런 사람하고 결혼했어? 그럴 줄 모르고 결혼했어?"

결혼은 언제까지 사적 영역에 갇혀 있을 것인가. 개개인의 상황과 성향이 다르다는 이유로 언제까지 '케바케(케이스 바이 케이스 Case by Case)'로 치부해버릴 것인가. 모든 결혼에 공통된 주제를 언제까지 장막 뒤에 숨겨놓을 것인가.

보편성이 한 사람도 빠짐없이 모두가 같은 경험을 한다는 뜻이 아니라는 것을 유독 결혼에 관해서만 사람들은 모르는 체 한다. 가부장제가 보편적인 힘을 발휘한다는 것을 인정하지 않는 사람들은 무얼 보고 싶지 않은 걸까. 결혼 안에서 행복한 여성이 있을 수 있으나 그렇다고 해서 오늘날 결혼이 여성에게 좋은 제도라고 말할 수 있는 것은 아니다. 한국 사회에서 가부장제에서 자유로운 결혼은 없다. 가부장제의 역할극에서 벗어나지 않는 이상 여성에게 좋은 결혼은 존재하지 않는다.

견뎌야만 하는 걸까?

이번 달치 시가와의 만남을 건너뛰고 싶었다. 서로 일정을 맞추기가 유독 어려웠는데 이번 달 만남을 다음 달로 미루고 싶은 유혹이 자꾸 고개를 내밀었다. 마침 지난 달 만남을 월말에 가졌고 다음 달은 월초에 명절이 있어 이번에 건너뛰더라도 약 40일의 간격이다. 지금부터 한 열흘만 지나면 어차피 다시 만나게 될 터였다. 그러니 이번 달은 넘기고 대신 다음 달 만남에서 다른 식으로 보상을 하면 어떨까 하고.

그러나 나의 요구를 시가와 조율해보던 남편은 계속 난관에 부딪혔다. 별 이유도 명분도 없는 상태로 예정된 만남을 건너뛰는 것을 시부모는 납득하기 어려워했고, 나중에는 남편이 약간 지친 기색으로 말했다. "한 달에 한 번 만나는 건 다 같이 합의해서 결정한 원칙인데 특별한 이유가 없으면 지키는 게 좋지 않겠어요?" 맞는 말이다. 나는 뜨끔해서 곧장 이번 달 정기 모임 날짜를 확정했다. 그리고 생각했다. 어쩌면 원칙을 검토할 시기가 온 걸지도 몰라.

한 달에 한 번 있는 정기 모임마다 나는 늘 약간은 조마조마한 기분으로 집을 나선다. 지난번 모임이 편안했다고 해서 긴장을 놓을 수는 없다. 오늘은 또 어떤 폭탄이 떨어질지 모르니까. 시부모가 갑자기 내게 이상한 말을 하거나 이상한 요구를 하거나 이상한 행동을 할 수도 있다. 그분들이 아무렇지 않게 하는 말이 내게는 폭탄이 된다. 칭찬으로 하는 말이 내게는 모욕이 된다.

당연하게 하는 요구가 내 목을 조른다. 나는 언제든 기습 공격을 받을 수 있는데 상대는 전혀 공격을 의도하지 않는다는 점이 문제 해결을 어렵게 만든다.

그런 순간이 닥칠 때 나는 숨을 훅 들이마신다. 그러고는 어색하게 웃기도 하고, 표정을 없앤 채 정색하기도 한다. 돌려서 내 뜻을 전해보기도 하고, 직접 의견을 밝혀도 본다. 짧고 강하게 말해보기도 하고, 길고 부드럽게 설명해보기도 하고, 침묵해보기도 하지만, 그 어느 것도 효과적이지 않다. 내가 그분들을 통제할 수 없음을 알고 나서 나 자신만을 통제하는 데 만족하려 해보지만, 내가 어떻게 해도 폭탄이 떨어지는 것은 막을 수가 없다. 시가와의 만남은 늘 위험을 내포하고 있다.

나는 정말로 '견디어 볼 뿐'이어야 하는 걸까? 이 정도는 감당할 만하다고 생각하는 건 어쩌면 진짜 내 생각이 아닌지도 모른다. 이제 나는 시부모를 한 달에 한 번 밖에서만 만나고 안부 전화도 안 한다. 평균이 있다면 평균보다 적은 교류 횟수에, 처음 시부모가 해오던 요구에 비하면 훨씬 가벼워졌고, 누가 봐도 괜찮은 조건이니까, 한 달에 세 시간쯤은 견딜 수 있는 수준이니까, 이 정도면 수월한 거라고 나를 다독였던 것 같다. 실은 버거우면서도 이쯤은 내가 양보하고 노력해야 한다고, 나는 괜찮아야 한다고, 그렇게 믿으려 했다. 믿으면 편할 때도 있으니까.

그런데 나는 내 마음을 알아버렸다. 괜찮지 않다는 마음을 의식 아래에 눌러놓은 채로 참고 있다는 것을.

나는 모르고 행복한 것보다

　　진실을 알고 불행한 쪽을 선택하는 사람이다.

나는 무언가 다른 대책을 세워야 한다. 또다시 길고 어려운 토론과 협상과 합의의 과정을 거쳐야 할지도 모른다. 그러나 먼저 스스로에게 물어본다. 나는 얼마큼 견딜 수 있을까? 아니, 얼마쯤 견디고 싶은가? 그런데, 정말 견뎌야만 하는 걸까?

명절을 거부하다

오래전부터 한 사람도 빠짐없이 행복한 명절을 꿈꿔왔다. 내가 겪어온 명절은 남성과 그들의 친족을 위해 여성들이 끝없이 노동하는 날이었으니까. 그러한 집안 문화를 바꿔보기 위해 여러 제안들을 해보았지만 처음엔 시도되는 듯하다가 머지않아 지지부진, 결국 익숙한 기존 방식으로 빠르게 회귀하는 걸 목격해왔다. 모두가 행복한 명절이란 나에게 있어 그저 당위적 말이 아니라 실제로 달성하고픈 과제였다. 비록 딸로서는 내 집안을 바꾸지 못했지만, 며느리로서는 부당함을 맞닥뜨리는 당사자이기에 바꿀 수도 있을 거라는 막연한 자신감이 있었다.

첫 번째 명절

결혼 후 첫 명절을 맞아 시가에 가서 하룻밤을 지냈다. 결혼 초부터 시부가 강조해온 요구 사항이었다. 일 년에 단 두 번 있는 명절만큼은 시가에서 하룻밤을 자는 것. 외아들을 독립시키고 쓸쓸하실 시부모를 위해 그 정도는 할 수 있다고 생각했다. (물론 내 부모도 자식 둘을 모두 독립시킨 쓸쓸함은 마찬가지일 텐데 딸인 내게 그러한 요구를 하지 않았다는 점은 일단 차치한다.)

시가를 방문하니 잡채니 갈비찜이니 하는 명절 음식이 잔뜩 준비되어 있었고, 집안은 깨끗이 정리된 상태였다. 장보기, 요리, 집 안 청소, 이부자리 준비 등 대부분의 노동이 시모에 의해 이루어졌을 거라고 짐작하기는 어렵지 않았다. 물론 시부도 마냥 놀지만은 않았을 것이다. 대다수 남자들이 보통 하는 정도로 옆에서 손을 보태고 거드셨겠지. 명절노동을 계획하고 주도하는 관리자인 엄마를 나와 아빠가 보조 일손으로서만 도왔듯이. 우리가 도착하자 시부는 계속해서 텔레비전 앞에 앉아 있었고 시모는 우리에게 줄 과일과 간식을 내놓기 위해, 그 이후에는 식사를 준비하기 위해 내내 부엌에 서 있었다.

시모는 내게 무리한 요구를 하는 분이 아니다. 본인 입장에서 나를 최대한 배려해주는 분이고 기본적인 것만 기대하는 '보통의 좋은 시모'다. 그러나 안타깝게도 그렇다고 해서 내가 불편하지 않은 건 아니다. 남편과 달리 시가 부엌에 있어야 하는 존재가 되는 것, 부엌에 있지 않을 땐 왠지 마음이 불편하거나 혹은 나를 배려해주는 시부모에게 감사해야 하는 것, 부엌일을 어떻게 하는지가 평가 대상이 되는 것, 남편과 시부모의 시중들기를 으레 기대받는 것. 노동 여부나 강도와 관계없이 시가에서 며느리로 존재하는 모든 순간이 모멸적이다.

그래서 시가에 들어서기 전 남편과 약속을 했다. 내가 부엌에 있을 땐 반드시 남편도 같이 부엌에 있을 것. 부엌일을 나보다 더 많이 하거나 "어머니, 제가 뭐 도와드릴까요? 저 뭐 할까요?"라는 말을 더 자주 할 것까지는 바라지도 않는다. 당신 집 부엌에 서서 거실에 앉아 있는 당신을 보며 내 자신이 이 집안의 노예가 된 듯한 기분만은 느끼지 않게 해달라고 했다.

150

시가에서 할 수 있는 최대한의 약속을 남편에게 받아놓았지만 그럼에도 나의 당부는 그 집 안에서 무용지물이었다. 나는 자연히 부엌에서 시모를 도왔고 남편이 내 근처에서 서성이면 시부가 자꾸만 남편을 텔레비전과 컴퓨터 앞으로 불러내었다. 그러곤 "이런 게 안 된다", "저것 좀 봐줘라" 하시는 아버지의 요청을 그 자리에서 뿌리치지 못하는 남편은 그저 착한 아들 역할을 성실히 수행할 뿐이었다.

시부모를 시가 밖에서 만나는 것과 시가 안에서 만나는 건 굉장히 다른 느낌이다. 그러니까 똑같이 그분들을 만나도 시가 안에서 나는 좀 더 숨이 막힌다. 그 집에 들어가면 시부모와 나와 남편, 우리 넷은 철저하게 역할로만 존재하는 것 같다. 외식할 때는 시부모와 내가 한 발자국 떨어진 관계가 형성되는 순간들이 있는데, 시가 안에서는 어림없다. 나는 오로지 며느리가 된다. 바깥에서 같이 식사하는 며느리보다 집 안으로 들어선 며느리에게 향하는 기대는 왠지 더 많고 더 모멸적이다. 그래서 나는 밖에서 만나기를 선호하게 되었다.

여러 대안의 시도

첫 명절을 보낸 뒤 이대로는 안 된다고, 다른 모습의 명절로 바꿔야겠다고 다짐했다. 시가에서 내가 불편한 시간을 보내서만은 아니었다. 내가 지금껏 보내왔던 수많은 명절과 본질적으로 같다는 게 문제였다. 명절노동에서 나와 시모, 그

집안의 모든 여자를 해방시키고 싶었다. 내가 해야만 하는
일이라고 생각했다.

다음 명절을 맞아 근교의 자연 휴양림을 예약했다. 휴양림답게
산이 참 좋았다. 낮에는 다 같이 숲을 산책하고 밤에는 시부가
챙겨온 프로젝터로 함께 영화를 보았다. 다음 날 아침, 미리
찾아놓은 근처 맛집에서 식사한 후 집으로 돌아오면서 시모의
노동을 줄였다는 생각에 조금 마음이 놓였다. 시부모도
만족스러운 듯 보였다. 그분들이 원하는 건 자식 부부와
함께하는 '시간'일 테니 시가에서보다 조금 더 긴 시간을 함께
보낸 휴양림에서의 1박 2일로 충분히 명절을 즐기셨을 거라
생각했다.

        반면 나는 예상만큼 만족스럽지 않았다. 꼬박 이틀
동안 한시도 떨어지지 않고 시부모와 함께 있자니 나는 점점
시들어갔다. 말하고 웃을 에너지가 떨어져갔다. 복층 원룸이라
나와 남편은 위층에서 따로 잤지만, 잠드는 순간조차 시부모의
숨소리를 들어야 하는 건 고역이었다. 나만의 공간도, 시간도
허락되지 않았다. 내가 시부모와 명랑하게 보낼 수 있는 시간은
서너 시간이 한계임을 깨달았다. 나에게는 숨 쉴 수 있는
독립적인 공간이 필요했다.

그래서 그 다음번 명절에는 시내 호텔의 방 두 개를 예약했다.
유례없이 긴 연휴였고 많은 사람이 해외여행을 떠나자 호텔
측에서 가격을 낮춘 이벤트를 열었다. 그중에서도 명절 당일을

피한 날짜는 더 저렴하게 이용할 수 있었다. 물론 휴양림에서도 방을 따로 잡을 수는 있지만 좀 더 완벽한 대안을 찾으려는 시도였다. 휴양림이 '낮은 가격', '맑은 공기', '노동 적음(시모가 간식거리를 챙겨왔다)'의 측면에서 만족이었다면, 호텔은 '가까운 거리', '노동 없음', '깨끗한 잠자리', '부대시설 이용' 측면에서 더 나은 선택이었다. 높은 가격이 부담스럽긴 했지만 명절노동에서 여성을 해방시킬 수 있는 방법이라면 뭐든 시도해보고 싶었다.

호텔에 짐을 풀고 밖에 나가 시내를 구경하며 낮 시간을 보냈다. 식사는 모두 호텔 라운지에서 해결했다. 방에서 나와 몇 발자국만 걸어가면 깔끔한 뷔페가 차려져 있는, 그야말로 명절의 천국이었다. 전을 부치며 기름 냄새를 맡을 필요도, 음식을 나를 필요도, 설거지 걱정을 할 필요도 없었다. 저녁식사 후에는 다 같이 밤거리를 거닐었다. 다음 날 아침엔 조식과 수영을 즐겼고, 체크아웃 후 점심 식사와 산책까지 마치고 헤어졌다. 이만하면 완벽한 일정이라 자부했다.

시부모는 비싼 가격을 염려하면서도 안락한 분위기와 맛있는 식사, 새로운 경험에 즐거워하는 듯 보였다. 호텔에서의 스테이케이션, 이른바 호캉스는 사람마다 평가가 다를 수 있지만 적어도 우리에게 새로운 경험인 것은 분명했다. 시모의 육체노동이 말끔히 사라졌고, 내가 시가 부엌에서 어쩔 수 없이 이등 인간인 것을 재확인하며 불편하게 서 있지 않아도 되었다. 시부모와 시간을 보내는 것이 마냥 편하지만은 않았지만 일단 분리된 공간이 보장돼 꽤 숨통이 트였고, 호텔에서 머무는 시간

자체가 즐거웠다. 내가 감당할 수 있는 방식으로 시부모에게
가부장제 명절보다 더 좋은 경험을 제공한다면, 그분들도 굳이
기존 방식을 고집하지 않을 거라 여겼다.

호텔과 떡국의 차이

작년 설이었다. '이제 명절마다 호텔 방 두 개를 예약할
것'이라고 시부모에게 호언장담해놓았기 때문에 이번엔 어느
호텔에 좀 더 저렴하게 갈지 찾던 중이었다. 그런데 설을 앞둔
어느 날 뜻밖의 상황이 생겼다.

　　함께 지난 명절 이야기를 나누던 중 시부가 "당일은
아니었지만……"이라며 넌지시 아쉬움을 표하는 것이 아닌가. 그
이후 시모는 남편에게 전화를 걸어 설 당일에 만나고 싶다며,
아무래도 호텔은 당일에 가기 어려우니 이번에는 그냥 시가에
와서 떡국을 먹으면 어떻겠냐 했다.

　　우리가 무얼 제공하든 상관없이 시부모에게는 '아들
부부와 명절 당일에 만나는 것', '자식이 부모를 집으로 찾아뵙는
것', '여성이 남성에게 요리해서 대접하는 것'이 충족되어야 했다.
여성의 해방 따위는 시모에게조차 중요하지 않았다. 이미 당신의
명절노동을 당연하게 여기는 탓일지도 몰랐다.

남편과 상의 끝에 시부모 요구에 부분적으로 맞춰보기로
했다. 설 당일에 만나서 떡국 먹기. 나는 대신 시부모를 우리
집에 초대하자고 제안했다. 시가 부엌에서 일하는 며느리보단

우리 집에서 손님을 대접하기 위해 일하는 집주인의 포지션이 낫겠다고 판단했기 때문이다. 어떻게든 모멸감을 최소화하려 발버둥 쳤지만, 결과적으로 이 또한 내게 결코 편안한 방식이 아니었다. 막상 닥쳐보니 몸과 마음에 모두 무리가 되었다. 그렇게 무리하며 설을 보내고 나서야 나는 호텔에서 듣지 못한 말을 들을 수 있었다.

> "명절이 좋긴 좋네,
> 며느리한테 떡국도 얻어먹고."

호텔에서는 "좋으시죠? 괜찮으시죠?"를 몇 번이나 반복한 끝에

> "뭐 그렇네."

정도의 말을 들었다면, 이번에는 심지어 같이 있는 시간이 상대적으로 훨씬 적었는데도 불구하고, 시부의 기쁨이 듬뿍 든 자발적인 언어를 듣게 됐다. 매 끼니 호텔 뷔페와 사우나, 쾌적한 잠자리를 뒤로하고 단지 설 당일에 떡국을 대접했다는 이유로.

결국은 가부장제 수호

나는 그분들을 바꿀 수 없었다. 시부모는 가부장제를 공고히 하지 않는 방식은 무엇이 되었든 반기지 않았다. 구성원 모두 노동하지 않고 편안하게 즐긴다고 여긴 방식도 결국 거부당했다.

시부모와 함께 시간을 보내는 것에 대한 나의 감정노동은 분명 있지만 호텔에서 보내는 명절은 합리적이고 평등한 명절 문화에 가까이 가는 길이라 생각했다. 그러나 그분들은 가부장제 말고는 다른 어떤 삶의 방식도 받아들일 수 없는 것처럼 보인다.

내가 어떤 생각과 의견을 가진 사람인지, 나는 명절을 어떤 방식으로 보내고 싶은지, 나는 부부간의 관계가 어떠해야 바람직하다고 여기는지, 시부모와 어떤 관계를 만들어나가고 싶은지에 관해 지난 몇 년간 최대한 표현해왔다고 생각했다. 그래서 이제는 시부모도 나에 대해 어느 정도 파악했을 거라 간주했다.

그러나 결혼 초와 똑같은 태도, 지금껏 내가 표현해온 나의 의사는 하나도 입력되지 않았다는 듯이 여전히 가부장적인 태도와 가치로 나를 대하는 걸 보면, 게다가 나도 시부모와 생각이 같음을 전제로 하는 말을 들을 때면(내 생각이 어떤지는 아무 상관이 없기 때문에), 나는 절망한다. 나는 언제까지나 그분들에게 나를 알릴 수도, 그분들을 바꿀 수도 없다.

앞으로 나는
다시 최소로 돌아간다. 최근 명절에는 평소 한 달에 한 번 만나는 모임에서처럼 명절 당일에 만나 외식을 하고 카페를 거쳐, 영화 관람을 추가했다. 나름 합리적이기에 당분간 명절을 보내는 방식으로 자리잡을 가능성이 크다. 시가에서 원하는 것 중 내가 감수할 수 있는 부분을 찾아 합의를 봤다. 나에게는 최대,

시가에는 최소일 것이다. 시가와의 관계에서는 좋은 선택지를 찾는 게 너무 어렵다. 좋음의 기준이란 게 서로 너무 다른 탓이겠지. 이런저런 시도를 거치지만 결국 '좋은 선택지'보다는 '최소 선택지'로 끝나버린다.

다가오는 명절들을 어떻게 보내야 모두가 즐거울 수 있을지 더는 모르겠다. 시부모와 함께 보내는 명절이 즐거울 수 있는 방법을 찾을 에너지가 점점 줄어든다. 갈등을 괴로워하는 성향 탓에 시부모와 원만한 관계를 만들려고 아직은 노력 중이나 얼마큼 희망적일지는 알 수 없다.

내가 궁극적으로 원하는 시부모와의 관계는 가부장제를 벗어나는 것인데 몇 년간 변화의 미동조차 없는 시부모를 보면서 결국에는 내가 가부장제를 거부하는 해답밖에 남지 않을 거란 예감이 든다. 아직 두려운 것이 사실이지만 언젠가는 그 지점에 도달하고 싶다.

가부장제 속 명절을 거부하는 움직임이 그래서 반갑다. 지난 명절에 『나에게 다정한 하루』를 쓴 서밤 작가가 추석 당일에 가부장제를 거부하는 여성들이 모여 맛있는 한 끼 식사를 함께하자고 제안했고, 짧은 시간 안에 참가 신청이 마감되었다. 점차 명절을 혼자 혹은 자유롭게 보내려는 시도가 등장하고 있다. 이미 앞서 그 길을 걷고 있는 여성들을 보며 나도 용기를 내본다.

며느리의 몫도 탓도 아니다

나는 시가와의 갈등에서 내가 무슨 전략을 강구하고 어떤 해결을 시도했는지에 관하여 실은 말하기 주저한다. 만약 내가 그러한 말을 한다면 그것은 나의 방식이 완벽하거나 유일해서가 아니라, 대응 방법을 궁금해하는 누군가를 위해서일 것이다. 나 또한 고민에 빠져 막막할 때마다 이미 앞서 경험한 여성들의 개별적이고 구체적인 해결책을 찾아 헤맸기 때문이다. 그 이야기들에서 나와 똑같은 상황을 마주한 것도 아니고, 나에게 꼭 맞는 방식을 찾은 것도 아니며, 그래서 내가 실제로 따라해본 것도 아니지만, 그럼에도 불구하고 그 이야기들은 내가 전반적인 태도를 결정하는 데 도움이 되었다. 이렇게 사소한 고민을 나만 하는 게 아니라는 안도감과 함께, 내가 유난히 예민해서 그런 게 아니라는 확신을 얻을 수 있었다. 이러한 점에서 나의 경험과 고통을 말하고 나누는 일은 중요하다.

여성들의 이야기는 여성 스스로 편안한 것,
원하는 것이 무엇인지 알아내려는 시도를
방해하는 세상의 목소리를 잠재운다.
불편한 걸 불편해도 된다고 말해준다.
그러니까 조금 더 자신 있게
나 자신이 되어보라고 말해준다.

나는 능력이 미치는 한 가장 섬세하게 말하고 싶다. 부당함에 대응하기 위한 구체적인 해결책이 개인적인 수준에서는 아주 중요한 전략들이지만, 그렇대도 공개적으로 (특히 내가 이렇게 했으니 당신도 이렇게 해보라거나 이렇게 해야만 한다는 식으로) 말하는 것은 여성에 대한 또 다른 억압이 될 가능성이 있기 때문이다. 며느리로서 시가에 어떻게 대응하면 좋을지에 관한 꿀팁들이 돌아다니는 것이 당장은 시가와의 관계를 고민하는 누군가에게 도움이 될지는 몰라도 장기적으로 며느리의 어깨를 무겁게 하는 일이 될 것이다. 시가와 원만한 관계를 유지하는 게 며느리의 몫이고, 갈등이 해결되지 않는 것이 며느리가 현명하지 못한 탓으로 여겨지는 것은 지금으로도 충분하다. 세상에 존재하는 관계들에서 여성이 고민해야 할 몫은 이미 차고 넘친다. 거기에 더 짐을 얹고 싶지 않다.

관계에서 더 노력해야 할 사람,
더 적은 노력으로 더 큰 변화를 가져올 수 있는 사람은
자식보다는 부모, 학생보다 교수, 직원보다 사장,
가부장제에서는 며느리보다 남편과 시가일 것이다.
우리가 노력하라고 외쳐야 할 방향은
아래가 아니라 위라고 믿는다.

약자들은 이미 최선의 노력을 하고 있다.
그들의 안녕과 생존이 달려 있기 때문이다.

그리하여 사이다 며느리든 고구마 며느리든 상관없이 누구도 부당한 대우를 받지 않길 바란다. 며느리가 던지는 사이다에 속 시원해하기보다는 왜 며느리가 저렇게까지 용기를 내고 위험을 무릅쓰며 사이다를 던져야 하는지 의문을 갖는 세상이길 바란다. 여성이 시가에게 대응할 방법을 고민하는 일이 아예 사라지는 세상이 되길 바란다. 시가에 대응하는 것 자체를 거절하는 며느리가 요령이 없거나 현명하지 못한 사람으로 취급받지 않아야 한다.

고부 갈등을 거부하다

나의 시부는 자신의 불만을 시모의 불만으로 바꿔 말한다.
그러고는 "아무래도 여자들은 그런 걸로 갈등하기 마련이니까",
"엄마의 마음은 이런 거니까", 고부 갈등을 겪지 않기 위해서는
며느리 네가 현명하게 처신해야 한다고 내 등을 떠민다. 물론
시부 곁에 앉은 시모도 고부 갈등 프레임을 굳게 믿고 있다.
'나는 너에게 이런 것으로 서운해할 수 있고 나에게 미움받지
않으려면 네가 잘 하는 것뿐만 아니라 내 아들이 나한테 잘 하게
만들어야 한다'고 말하는 것 같다.

여자 간의 갈등인 것처럼 말하지만 고부 갈등의 본질은 '며느리
찍어 누르기'와 '남성의 책임 회피'다. 여자의 적은 여자라는
전형적인 여성혐오 프레임을 빌어다가 남성의 책임을 교묘하게
은폐하며 원래 목적인 가부장제 질서를 확실히 하는 것이다.
        고부 갈등이란 단어는 그 자체로 부조리하다. 흡사
'남녀갈등'이나 '성대결'같은 단어를 만들어, 여성에 대한 남성의
폭력을 가리고 여성이 받는 억압을 지우는 현상과 비슷하다.
시(부)모와 며느리는 결코 대등한 위치에서 갈등할 수 없다.
게다가 고부 갈등이 마치 시모와 며느리로 만나면 누구나
겪는 여자들의 본능이자 천성인 것처럼, 여자들의 관계에서
시기, 질투와 미움을 빼놓을 수 없는 것처럼 구는 게 신물이
난다. 진짜로 여자들을 괴롭게 하는 사람들은 뒤로 쏙 빠진 채
여자들끼리 싸움을 붙여놓고는 점잖게 싸움을 말리는 체하거나

방관하며 자신들에게 유리한 걸 얻는 모습이 나는 견딜 수가
없다.

　　　어떤 문제는 너무 중차대한 문제라서 합리적이고
이성적인 남성만이 처리할 수 있다고 하면서, 두 가족의 원활한
교류에 관한 문제에서는 남성들이 왜 쏙 빠져버리는 걸까.
남자들은 뒷짐 지고 서서 난처한 듯 굴다가 방으로 들어가버리면
그만이다. 엄마 앞에서는 엄마 편을 들어 아내를 소외시키고
아내와 둘이 있을 때 아내 마음을 풀어주는 것을 적절한
대응으로 쳐주는 건 너무도 관대하지 않은가. 그저 골치 아픈
갈등에서 발을 빼고 어떠한 책임도 지지 않으면서 결국 피라미드
제일 아래인 아내에게 고통을 떠넘기고 아내만 고통을 속으로
삭이도록 만드는 것은 비겁하지 않은가.

시가와 우리 부부 사이에 문제가 있다면 그것을 고민할 사람도
해결해야 할 사람도 며느리가 아니다. 고부 갈등은 애초에
존재해서는 안 되는 프레임이다.

시가와 며느리 사이 괜찮은 거리

시가와 유난히 화기애애하게 만남을 마무리하고 돌아오는
날이면 나는 어김없이 불안해진다. 나에게는 경험적인 근거가
있다. 모임 때 분위기가 좋으면 다음 날 시부모가 꼭 선을
넘으려는 시도를 한다는 것. 특별한 경우가 아니면 남편에게
전화하기로 합의되어 있던 룰―오랫동안 우리가 만들려고
노력했던 것―을 깨고 내게 전화를 건다. 이런저런 요구를 한다.
그분들이 나를 친근하게 여기게 되면 자꾸만 그런 일이 생긴다.
시가와 친밀한 관계를 만들려고 노력할수록 나의 짐이 커지는
이상한 일이 되풀이된다. 나의 선의를 그분들에게 표현하는 게
내게 좋은 결과를 가져오지 않는다. 지금껏 애써 만들어놓은
관계가 무너진다. 그러니 나는 자꾸 몸을 사리게 된다.
그분들에게 선뜻 다가가기가 주저된다.
        시가와의 거리와 나의 부담은 반비례한다. 거리가
멀수록 부담이 적어지고, 가까울수록 부담이 커진다. 나는 나를
지키기 위해 시가와 거리를 두어야만 한다. 그분들을 만나는
시간이 내게도 즐거울 수 있도록 나는 정신을 바짝 차리고
거리를 유지해야만 한다.

가까울수록 한쪽에게만 부담이 되는 관계는 무언가 단단히
잘못되었다. 시가와 가까우면 가까울수록 나는 나로 존재할
가능성이 적어진다. 그분들이 나를 친근하게 여긴다는 건 내가
착한 며느리, 좋은 며느리, 순한 며느리로 보인다는 뜻이다.

착하고 순한 며느리에 대한 상은 이미 견고하게 짜여 있고,
거기에 맞추지 않으면 나는 그분들과 친밀함을 유지할 수 없다.
착하고 순한 며느리가 아닌 다른 며느리를 좋아하는 방법은
가부장제에 마련되어 있지 않다.

내가 시가와 맺을 수 있는 좋은 관계란 뭘까. 관계에 대해
기대하는 게 완전히 다른 두 사람이 어떻게 좋은 관계를 만들 수
있을까. 특히나 좋은 관계의 정의 자체가 서로 다를 때 우리는
어떻게 만날 수 있을까. 가끔은 내가 양보하고 가끔은 그분들이
양보하여 가까스로 접점을 만들 때가 있지만, 우리는 영원히
만날 수 없는 평행선을 달리는 것 같다. 완벽하지 않더라도
불완전한 접점을 종종 만드는 것이면 족한 걸까.

시부모를 만나기 전 내가 처음으로 그분들을 떠올렸을 때
나의 감정은 중립이 아니었다. 그분들은 이미 긍정적인 분면에
존재하는 사람들이었다. 왜냐하면 내가 사랑하는 사람의
부모이고, 내가 사랑하는 사람을 낳았고 키웠고 같이 살고
있으며, 내가 사랑하는 사람과 많이 닮은 사람들이었으니까.
결혼한 지금도 그 정도의 애틋함과 호의를 갖고 적당한 거리를
유지하는 관계이고 싶다.
　　　나는 시가와 내가 오직 남편을 매개로 한 관계라고
생각하지만, 세상과 그분들은 그렇지 않은 것 같다. 어딘가
있을지 모르는 세상 어느 곳에서는 며느리와 시가가 직접 맞닿은
채로 좋은 관계를 만들 수 있을지 모르지만 지금 여기에서는

아주 어렵다.

지금 상황에서 좋은 관계를 만들 수 있는 방법은 애초 이
관계의 본질대로 한 다리를 반드시 정확히 밟고 건너는 만큼의
거리를 설정하는 거라 믿는다. 내가 사랑하는 사람의 부모, 내가
사랑하는 사람의 배우자. 그분들이 나를 독립된 사람으로 대하기
어렵다면 먼저 아들 부부를 자신들과 독립된 존재로 여기는
것부터 시도해볼 수 있을 것이다.

독립적인 관계를 맺는다면 관계 안에서의 행동도 자발적일 수
있을 것이다. 원하면 내 부모보다도 자주 만나고 원하지 않으면
1년에 단 하루도 만나지 않는 관계. 같이 나누고 싶은 이야기가
있으면 밤새 대화하고 원하지 않으면 "안녕하세요", "안녕히
가세요"라는 말 정도만 나눌 수 있는 관계. 그러기 위해서는
양쪽의 합의가 되어야 하는데 그 합의가 최대한 자유롭고
자율적이기를 바란다. 나는 그분들에게 아들을 찾아온 손님,
그분들은 나에게 남편을 찾아온 손님인 정도의 심리적 거리를
원한다. 간단히 말하면 나는 사위가 되고 싶은 것이다. 이 사회가
세팅해놓은 처가-사위 관계와 마찬가지의 거리로 시가-며느리
관계가 설정되길 바란다.

> 보편적인 사위의 모습이
> 보편적인 며느리의 모습이 되기를 바란다.

페미 전사 꿈나무 남편

시가의 요구가 무리라거나 부당하다는 생각이 남편에게
처음부터 있었던 건 아니다. 천성이 무던한 남편은 부모의
요구에 대해 그럴 수 있다고 여겼다. 게다가 부모에게 모종의
부채감과 안쓰러움을 갖고 있었기 때문에 부모의 요구를
거절하기 어려워했다. 나의 생각과 감정을 들으면 어느 정도
납득했는데, 우리가 합의한 내용을 부모에게 전화를 걸어
말을 할 때면 내가 해주는 말밖에 하지 못했다. 자기 생각이
아니었기 때문이다. 진정으로 이해하거나 동의하지 않은 채 일단
나의 말이 맞는 것 같고 또 나를 위한 마음으로 부모에게 나를
대변하려 했다.

그때 남편은 아직 당사자가 아니었고 철저히
중재자였다. 남편은 부모에게도 마지못한 척했고 나에게도
마지못한 척했다. 본인의 생각이랄 게 없었고 그저 괴로워하기만
했다. 말 그대로 가운데에 끼어 있었다.

나는 마음이 복잡했다. 누군가는 나의 감정과 의견을
가만히 앉아 들어준 것만으로 그를 좋은 남편이라 칭했다.

나 또한 과하게 남편에게 고마워했던 것이 있다. 부모에게 직접
전화를 걸고 받는 것. 부모에게 반대하는 말을 며느리가 하면
자기 부모의 화를 훨씬 더 돋우게 될 거라는 걸 알아서 그렇게
했겠지만 어쨌든 그랬다. 자기 부모를 직접 상대했고 부모와의
대화를 나에게 미룬 적은 없다. 나도 모르게 고마운 마음이

슬금슬금 올라왔고 왠지 고마워해야 할 것만 같기도 했다.

내가 '착하지 않은 며느리'가 되는 동안 남편은 내 뜻을 시가에
전하는 것만으로 이미 '착하고 협조적인 남편'이 되어 있었다.
자기 할 일을 했을 뿐인데 남편에게 감사하게 되다니. 상황을
파악하고 생각을 정리하고 입장을 정하는 모든 번거로운 일은
내가 다 했는데도.

나의 해결책은 트위터였다
신혼 초 남편은 성차별 문제에 있어 나와 의견을 같이하지
않았다. 내가 관련된 사회적 문제를 말하면 남편은 굳은 얼굴로
다 듣고서 "그런데 남자도 힘들어요"라고 첫 마디를 떼던
사람이었다. 여성으로서 받는 차별과 폭력을 말하는 내게 가족의
생계를 책임진 가장의 무거운 어깨, 그 짐이 무거워 한강에
투신자살한 사례를 말했다. 나의 개인적인 고통에는 공감하던
남편이 일반적인 논리에는 자꾸만 반기를 들었다. 나의 경험과
일반적 명제는 완전히 연결되어 있었으나 남편에게는 그것이
보이지 않는 듯했다. 이 사회의 지배 규범에 충실하게 순응해온
사람다웠다. 나는 그에게 애를 쓰며 말했으나 종종 말해도
이해받지 못할 거라는 생각이 들었고 자주 정말로 이해받지
못했다.
　　　그리고 그때 나는 결혼 생활을 통틀어 가장 효과적인
일을 했다. 남편에게 트위터에 가입하기를 추천한 것이다.

그전부터 여러 차례 트위터를 추천해왔지만 남편은 알겠다고
하고는 뜨뜻미지근한 반응이었다. 그러다 좋은 생각이 났다.
내가 팔로잉하는 계정 중에서 광범위한 주제에 관해 리트윗을
많이 하는 계정을 알려줬다. 넓고 얕은 지식이나 세상의
상식을 좋아하는 남편에게 흥미로울 만한 계정이었다. 그 계정
하나만으로도 오늘 하루 동안 한국에 어떤 이슈가 있었고, 그
이슈에 관해서 어떤 입장들이 있는지 대략 훑을 수 있었다. 그
계정을 운영하는 사람이 페미니스트인 건 당연한 전제였다.

　　　딱 하나의 계정을 추천해주자 남편이 팔로잉을 했고
조금씩 트위터에 흥미를 붙여갔다. 140자의 짧은 글이 쉼없이
올라오는 건 끊임없는 자극을 찾는 남편의 특성과도 잘 맞았다.

　　　곧이어 남편은 자기가 관심 있는 분야의 사람 몇을
팔로잉했다. 점차 트위터의 매력을 알아갔다. 트위터는 워낙
다양한 분야와 다양한 사람의 생각을 밀착해서 접할 수 있는
곳이다. 그 사람을 직접 만나더라도 좀처럼 듣기 힘든 내면의
진짜 생각을 들을 수 있는 곳이다. 그러고 거기에서 남편은
그동안 결코 듣지 못했던, 혹은 듣고도 지나쳤던 이야기들을
무더기로 만났다. 거기에는 많은 페미니스트가 있었고 한국에서
여성으로 살면서 고충을 겪어온 여성들이 있었다. 남편이 친구나
선후배, 동료로 마주 앉아서는 들을 수 없었던 이야기들, 날것의
이야기들, 그 많은 여성들의 마음속에 있는 이야기들을 남편은
들었다. 어떤 건 나한테 들었던 이야기고 어떤 건 처음 듣는
이야기였다. 그리고 나한테만 들었을 때보다 강력하게 남편은
그 이야기들을 쭉쭉 흡수해갔다. 여성의 삶을 알아가고 나를 더

이해해갔다. 사회 이슈에 관해 내가 하는 이야기들을 어느 샌가
굳은 표정이나 영혼이 없는 눈으로 듣는 걸 멈추었다.

내 말을 앵무새처럼 반복하기만 하던 남편이, 부모에게
전화를 걸기 전에 대본을 외는 것처럼 내 말을 머릿속에 새겨
넣으려던 남편이, 그럼에도 막상 전화를 걸면 버벅대며 부모의
반론에 아무 말도 하지 못하던 남편이 점차 변해갔다.

페미 전사 꿈나무

변화가 시작됐다. 중립적인 태도를 취하는 듯하면서 남자 입장을
방어하기에 급급했던 남편이 여성의 인간적인 고통을 바라보기
시작했다. 결혼 제도에서 내가 고통스러운 지점을 이야기할
때, 더 이상 내가 자기 부모를 욕한다고 여기지 않았다. "남자도
힘들다"거나 "그래도 부모님인데" 같은 말을 하지 않았다.
부모에게 전화할 때 더 이상 나의 대본이 필요 없어지고 있었다.

남편은 친구들과 자꾸 싸우고 들어왔다. 10년, 20년
지기 친구들과 모임 내내 언쟁을 벌이다 왔다. 모두 남자
친구들이었다. 이러한 말에 저렇게 반박했는데 그랬더니 다들
수긍했다며 기뻐하기도 했고, 조금 더 생각해보고 싶은 주제를
들고 왔고, 아무런 대꾸도 못했던 말에는 생각을 정리해서
다음에는 이렇게 말해보겠다고도 했다. 어느 날엔 아무리 말해도
대화가 통하지를 않는다고 지쳐 돌아오기도 했다. 남편은 자기가
오래 속했던 그룹에서 더 이상 동질감을 느끼지 못했다. 보통의
평범한 남성 무리에서 남편은 특이한 존재가 되었고, 그들

사이에 있으면 '페미 전사'가 되었다.

부모와도 싸우기 시작했다. 남편이 자신의 생각으로 부딪쳐 만난 부모는 결코 호락호락하지 않았다. 남편이 자기 생각에 아무리 맞는 말을 해도 부모는 받아들이지 않았다. 그럴수록 부모는 화를 냈다. 아들이 부모를 가르치려 든다며 역정을 냈다. 페미니즘의 시각으로 결혼 제도를 바라보는 남편에게 자기 부모는 반페미니즘, 가부장제 그 자체였다. 그는 아들로, 남자로 살며 알지 못했던 가부장제를 처음으로 온몸으로 느꼈다. 거대한 벽이었다.

남편의 앞에 가부장제가 날것으로 드러난 순간
그는 상상해본 적 없는 충격을 받았다.
여성 배우자가 사는 세상을 조금 맛본 것이다.
드디어 남편이 가부장제의 당사자가 된 순간이었다.

그는 자기 부모를 적극적으로 비판하기 시작했다. 나는 남편과 그분들의 좋은 점뿐만 아니라 잘못된 점에 대해서도 이야기할 수 있게 됐다. 그분들에 대한 애정, 선의, 신뢰와 마찬가지로 그분들의 부당한 가치관, 편견에 관해서도 자유롭게 이야기했다. 부모와 우리의 관계에 관해, 어디까지 요구하고 어디까지 감수할 것인지, 어떻게 부모의 생각과 행동을 바꿀 수 있을지 고민하기 시작했다. 내가 불편한 점을 미리 알지는 못해도 적어도 무엇이 불편하고 왜 불편한지 말하면 이해했다. 그는 부모에 대한 불필요한 죄책감이나 과장된 안쓰러움을 내려놓은 채로 여전히 부모를 사랑했다. 그는 합리적인 사람이었다. 부모가 어디까지 양보할 수 있는지 경험을 통해 잘 알고 있었고, 내가 어디까지 감수할 수 있는지 섬세하게 묻고 들었다. 그리고 부모의 감정이 너무 상하지 않을 만한 방식으로 협상을 진행했다. 그 결과 그의 부모와 우리는 여러 가지 합의안을 도출할 수 있었다.

과거 ◀◀ 시부모는 언제든 우리 집에 들르고 싶어 했다. 등산 가기 전에 꼭 우리 집에 들러 커피 한잔하길 원했고 밖에서 외식을 하더라도 식후 차는 우리 집에 와서 마시길 원했다. 카페에 가자고 하면 아들 집을 놔두고 왜 카페를 가냐고 물었다. 반찬 등을 가져오면 반드시 우리 집에 직접 들어와 전해주려 했다.

현재 ▶ 정식으로 초대하지 않는 이상 우리 집에 들어오지 않는다. 물건을 갖다 준다면 우리가 1층에 내려가서 받거나 우리가 집에 없을 때는 현관 옆 보일러실에 넣어둔다. 대부분 물건은 만나기로 한 날에만 준다.

과거 ◀◀ 언제든 원할 때 만나기를 원했다.

현재 ▶ 한 달에 한 번 만난다.

과거 ◀◀ 며느리의 안부 전화를 자주 받길 원했다. 아들의 안부 전화와는 별개였다.

현재 ▶ 특별한 일이 없으면 내게 연락하지 않는다. 나는 내

부모에게, 남편은 남편 부모에게, 각자 자기 부모에게
안부 전화를 한다. 서로의 부모에게 전화하는 날은
어버이날, 생일, 명절이다.

과거 ◀◀ 명절에는 시가에서 하룻밤 같이 자기를 원했다.
시모가 차려주는 명절 음식을 먹고 과일을 깎아 먹고
텔레비전을 보고 영화를 보러 다녀오길 바랐다.

현재 ▶ 한 달에 한 번 만나면 외식+카페 코스로 약 두세 시간을
함께 보내고, 명절에는 여기에 영화 관람이 추가된다.

1인 1침대

결혼 전에 한 번도 독립된 주거를 가져보지 못했던 나와 남편은
같이 살 집을 계약한 뒤 우리만의 공간이 생긴 것에 무척이나
감격했다. 결혼식까지는 몇 달이 남아 있었고, 우리는 차근차근
셀프 페인팅도 하고 가구들도 하나씩 채워 넣으며 점점 예뻐져
가는 집의 모습에 신났던 기억이 난다.

　　　전기 작업이라든가 공구가 필요한 일은 시부의 도움을
받았다. 남편 혼자 미리 살고 있던 신혼집에 시부모가 종종
들러 이런저런 작업들을 해주고 갔다. 그러다 보니 우리가
집을 채워나가는 과정이 자주 시부모의 눈을 거쳤고, 그분들은
오랫동안 집을 꾸려온 입장에서 우리에게 전할 만한 조언이
많았다. 하지만 그분들의 경험에서 나온 의견이 우리와 항상
일치하지는 않았다.

우리의 이불에 대해서도 마찬가지였다. 침구가 배달되었고 이
역시 시부모의 레이더망에 걸렸다. 보통 신혼부부들처럼 2인용
이불을 사지 않고 1인용 이불을 두 채 산 것이 그분들은 영
못마땅한 모양이었다. 그래도 명색이 신혼부부인데 한 이불을
덮어야 하지 않느냐는 것이다. 남편에게 시부모의 말을 전해들은
나는 가슴이 갑갑해졌다.

　　　내가 결혼식을 준비하면서 이미 양가의 간섭에 지쳐
있었다는 점도 불운이라면 불운이었다. 갑자기 그간의 모든
간섭과, 양가의 의견 때문에 우리의 선택을 바꿔야 했던 것들,

양가가 신경 쓰는 다른 사람들의 생각까지 예측하느라 피로했던 날들의 괴로움이 한꺼번에 몰아쳤다.

　　　"하다하다 이제 이불을 같이 덮는지 따로 덮는지까지 허락받고 간섭받아야 해요? 가장 사적인 공간인 침실마저 내가 원하는 대로 만들 수 없어요? 부부가 한 이불을 덮어야 한다는 관습이 대체 뭐라고, 우리의 안전이든 행복이든 어느 것에도 도움 되지 않는데, 그 이불을 덮는 우리 둘의 결정만으로는 왜 충분하지 않은 거죠?" 눈물까지 찔끔 나왔다.

두 사람이 한 이불을 덮는다는 관습은 대체 어디서 온 것일까. 길게 이어진 하나의 베개를 만들어 둘이 같이 베지는 않으면서, 이불은 왜 크게 만들어 같이 덮는 걸까. 옆 사람이 이불을 둘둘 말고 자는 타입이라면 이불을 뺏긴 사람은 추울 뿐만 아니라 이불을 당겨가는 느낌에 아무래도 잠을 설치게 된다. 나는 자는 동안 이불을 다리에 말기도 하고, 두 팔로 모아서 끌어안기도 해야 하는데. 사람마다 커플마다 제각기 맞는 라이프스타일이 다를 텐데.

　　　이불을 같이 덮어야 부부 금슬이 좋아진다고 한다면, 그러니까 성관계가 가능하다는 뜻이라면, 성관계는 이불을 같이 덮든 따로 덮든 가능하다. 이불을 함께 덮으면 할 수 있고 따로 덮으면 할 수 없다고 한다면, 부부간 소통에 문제가 있는 것 아닐까.

원하는 대로 만들어도 괜찮아

우리는 더 이상 한 침대를 쓰는 부부가 아니다. 결혼하고 4년 후, 새로 매트리스와 매트리스 받침대를 샀다. 두 개의 침대를 갖게 된 것이다. 드디어 나와 남편은 따로 잘 수 있게 됐다.

가로 145센티미터의 더블 침대에서 남편과 나란히 누워 자는 일은 고역이었다. 조금만 움직여도 몸이 닿았고 같은 자리에 누워 왼쪽을 봤다가 그대로 몸을 돌려 오른쪽을 볼 공간이 한 사람에게 할당되지 않기 때문에 방향을 바꾸려면 몸을 뒤척대며 위치를 조정해야 했다. 팔을 뻗으려면 남편이 없는 쪽, 그러니까 침대 밖으로 팔을 뻗어야 했는데 지탱해줄 무언가가 없어 허공에 떠 있는 팔은 이상하게 무거웠다.

　　　남편은 조금 불편하기는 하지만 적당히 잘 만하다고 하니, 정말 내가 예민한 탓인지도 몰랐다. 그렇지만 예민해서든 아니든 내가 불편한 건 사실이었다. 잠결에 땀이 난 이마가 시원해서 눈을 뜨니 남편의 콧바람이 이마 바로 앞에서 살랑거리던 어느 여름날에는 웃고 말았지만, 자꾸 도중에 잠을 깨니 피로가 쌓였다. 하도 침대 바깥쪽으로 붙어 자다 보니 종종 굴러 떨어지는 듯한 느낌에 깨고, 팔을 뻗을 때가 없어서 만세 자세로 자다 보면 어깨가 아프고, 이불 아래쪽이 자꾸 떨어져서 자면서도 몇 번씩 이불을 들어 올리는 게 일이 되었다.

　　　그렇게 몇 년이 지나니 숙면이 뭔가 싶어지고, 두통이 오거나 눈 밑이 떨리는 것까지 모두 숙면을 취하지 못하는 탓인 것만 같았다.

도대체 다른 사람들은 어떻게 자는 건지, 적응하면
적응이 되는지, 아무리 그래도 이게 둘이 자라고 만든 침대가
맞는지, 더블 크기는 누가 어떻게 정한 건지, 우리 침대 위에
이불 두 개가 올라가 있어서 더 그렇겠지만 그렇다고 한 이불을
덮을 순 없는데, 불을 끄고 누워도 잠이 오지 않는 밤마다 나는
1인 1침대에 대한 갈망에 몸부림쳤다.

　　그렇지만 침대를 하나 더 사야겠다는 결심은 쉽지 않았다.
이불을 두 채 사는 것처럼 간단한 일이 아니었다. 소비 단위가
일시적으로 달라진다는 신혼살림 장만 때도 백만 원이 넘는
매트리스를 사기가 부담스러워 대신 침대 프레임 위에 요를 깔고
잤으니까.
　　　무엇보다 침대를 두 개나 쓴다는 게 사치 같았다. 나의
고통이 분명한데도 모두와 다른 길을 택하는 데 대한 심리적
장벽이 있었다. '다들 괜찮은데 왜 너만 유난이냐'는 내 안의
목소리가 나를 주저하게 만들었다.
　　　집에 침대 두 개를 놓기에는 공간도 마땅치 않았다. 이미
침대와 책상, 소파, 책장, 텔레비전으로 방이 가득 차 있었다.
침대를 하나 더 놓으려면 좁은 집에서 그나마 숨통을 틔워주던
바닥 공간을 포기해야 할 것이고, 침대만으로 생활공간의 절반이
장악될 것이었다.
　　　몇 년을 그렇게 고민하다 큰 맘 먹고 사기로 결정한
후에도 엄두가 나지 않아 괜히 다 뒤져본 인터넷을 계속
검색하며 시간을 흘려보냈다. 꽤 괜찮은 제품을 직구하여 비교적

저렴하게 살 수 있는 웹사이트를 찾고, 거기에서 마음에 드는
후보를 고르고 나서도 나는 한참을 망설였다.

대장정 끝에 완성한 평화로운 우리 집의 침대 풍경을
소개하자면, 더블 침대 두 개를 나란히 붙여놓고 각자 1인용
이불을 덮으며 여러 번의 시도 끝에 찾은 가장 잘 맞는
베개를 베고 잔다. 나는 무인양품의 깃털베개, 남편은 템퍼의
경추베개를 벤다. 집 밖에서 숙소를 잡을 때도 트윈룸(싱글 침대
두 개가 있는 방)으로 예약하고, 각자 베개를 캐리어에 넣어
간다. 한번 궁극의 수면 환경을 찾아놓으니 벗어나고 싶지가
않다.
　　　　매일 밤 침대를 하나씩 차지하고 누워 실없는 농담을
나누고 있노라면, 이보다 더 행복할 수 없을 것 같다. 침대를
사기 전에는 자기 전에 하는 말이라고는 "조금만 옆으로 가
봐요", "난 내 자리만큼 누운 거예요, 더 옆으로 가면 떨어져요",
"왜 이렇게 좁아요? 다른 사람들은 어떻게 자는 거죠?", "아니,
왜 당신 팔이 여기까지 와 있어요? 당신 베개가 중앙선을
침범했잖아요", 뭐 이런 대화가 대부분이었으니까. 자기는 같이
자도 별 상관없다고 말하면서도 항상 로봇처럼 차렷 자세로 자던
남편이 이제 대자로 팔다리를 펼치고 자는 걸 보면서 나는 '역시
혼자가 편하죠?'라며 흐뭇하게 웃는다.

새로운 빈칸

우리 조금 자유롭게 살면 안 될까. 이불을 같이 덮고 싶은 사람은 같이 덮고, 혼자 덮고 싶은 사람은 혼자 덮고, 안 덮고 싶은 사람은 안 덮은 채로.

> 우리는 서로 상관하지 않아야 할 일에
> 상관하지 않을 수 있다.

조금 더 발전한 나의 바람은 두 이불, 두 침대를 넘어 두 개의 방에서 자는 것이다. 한 방에서 자면 자기 전에 누워 시시콜콜한 대화를 나눌 수 있어서 좋지만, 되도록 같은 시각에 자야하고, 원하지 않아도 같은 시각에 일어나게 된다.

신기하게도 우리는 거의 동시에 눈을 뜨는 일이 잦은데 아무래도 잠에서 깰 때 뒤척이는 소리에 서서히 의식이 깨다가 한 사람이 일어나면 그 소리에 다른 사람도 일어나게 되는 것 같다. 같이 누웠지만 그날따라 잠이 안 오는 사람이 새벽 늦게 잠들어 피곤하더라도 꼭 같이 일어나는 걸 보고 그렇게 추측했다.

그렇다면 서로의 뒤척임이나 소리에 잠을 방해받는다는 것인데. 가끔은 침대에 누웠어도 영 잠이 안 오는 밤에는 스탠드 하나 켜놓고 안 읽히던 책을 천천히 읽다 스르르 잠들고 싶기도 하고, 또 어느 새벽에 눈이 일찍 떠지면 억지로 다시 잠을 청하는 대신 침대 위에서 스트레칭을 하며 몸을 깨우고 하루의 문을 일찍 열고도 싶다.

경제적인 여건이 된다면, 각방을 넘어 각 집에서 사는 걸
바란다고도 조심스레 말해본다. 같은 아파트 동이나 단지,
혹은 같은 동네에서 나와 남편이 각자의 집을 가지고 왕래하며
지낸다. 맛있는 요리를 해놓으면 찾아가서 같이 식사하고
가끔은 밤늦게까지 영화를 보다가 한집에서 자기도 한다.
남편 집에 있는 피아노를 치러 가기도 하고 한 달에 한 번은
보드게임데이를 만들어 각자 집에 있는 보드게임을 모아서
치열한 전투를 벌인다. 밤에 자려다가 갑자기 무서운 생각이
들거나 공포영화 줄거리라도 떠오르면 서로의 집으로 달려간다.
만사가 귀찮은 날엔 하루 종일 누워 꿈쩍하지 않다가 우리가
좋아하는 동네 단골집에서 김밥 한 줄만 사다달라고 부탁한다.
중요한 것은 원하면 언제든 돌아갈 나만의 공간이, 완전히
독립된 나의 공간이 있다는 점. 언제든 같이 있을 수 있고 또
언제든 혼자 있을 수 있다는 점.

　　　왜 부부는 꼭 같은 집에서 살아야 하는 걸까. 왜 이
세상은 1인 1집이 기본이 아닌 걸까. 누구나 자기만의 집이
있어야 한다고 말하면 버지니아 울프는 내가 욕심이 많다고
하려나. 부부가 같이 사는 것과 따로 사는 것이 모두 자연스러운
세상은 정녕 불가능할까.

나는 혼자 살아본 적이 없다. 그럼에도 혼자 사는 게 잘 맞을
것 같다고 생각해왔다. 결혼하고 보니 의외로 둘이 사는 것도
잘 맞았다. 둘이 사는 데에는 둘이 사는 기쁨이 있고 혼자
사는 데에는 혼자 사는 기쁨이 있을 것이다. 혼자 산다면 물건

하나하나, 공간 구석구석까지 나만의 취향으로 채우고 싶다. 눈과 손이 닿는 곳마다 기분이 좋아지는 공간을 갖고 싶다. 내가 흐트러뜨리지 않으면 흐트러지지 않는 공간, 내가 놓은 그대로 물건이 놓여 있는 공간, 내가 듣고 싶지 않은 소리를 듣지 않을 수 있는 공간. 그러니까 조금 더 나에게 깊이 집중할 수 있는 곳, 문을 열고 들어서는 순간 나 자신에게로 향하듯이 완벽하게 편안한 곳을 갖고 싶다. 단정하게 공간을 가꾸면서 내 삶을 가꾸는 기분이 들었으면 좋겠다. 홀로 온전히 존재하는 단단한 상태로 연인이든 친구든 가족이든 타인과 적당히 즐겁게 관계 맺는 삶을 꿈꾼다. 물리적인 독립이 심리적인 독립을 자동으로 보장하지는 않겠지만 조금 더 쉬워질 수는 있을 것이다. 라이프스타일이란 내가 지향하는 가치를 반영하는 것일 테다. 각 이불로부터 시작해 각 집까지. 나는 내가 원하는 대로 만들어가고 싶다.

부부는 같이 주말을 보내야 한다, 부부는 같은 집에 살아야 한다, 부부는 어떠어떠해야 한다는 관념에 숨이 막힌다. 나와 너의 관계를 어떻게 만들어갈지, 어떤 모습으로 하루를 시작하고 끝낼지를 내가 내 손으로 선택하고 싶다. '부부는 ⬚이다'는 문장의 빈칸에 나는 조금 다른 내용을 써넣고 싶다.

결혼이 아니더라도

컴퓨터 수리점 방문을 몇 주째 미루다 온 참이었다. 기계를 잘 모르는 젊은 여자가 무시당하거나 바가지 쓰기에 딱 좋은 곳. 그쪽에서 어떤 설명을 하든 나는 무얼 물어야 할지 모를 터였다. 내 대기 번호가 불리자 나는 접수대에 다가가 백팩을 열었다. 백팩이 날 어려 보이게 한다는 걸 알았지만 그 때문에 실용성과 편안함을 포기하고 싶지 않았다. 고장 난 컴퓨터 하나 맡기는 데 참 신경 쓸 게 많다.

　　"전원이 안 들어오는데요"라 말하며 컴퓨터를 꺼내는 사이 아니나 다를까. "그래서 뭐가 안 되는데요?" 중년남성의 퉁명스럽고 고압적인 말투가 날아왔다. 뭐가 안 되긴, 전원이 안 된다고 방금 말했고 설명을 이어가려는 중이었다. 예상한 일이어도 기분이 상했다. 전원 버튼을 누르면 화면이 어떻게 되는지, 인터넷 검색으로 어떤 조치를 취해봤는지 설명하는 도중 남편이라는 단어가 나오자 그는 미묘하게 달라진 태도로 물었다. "결혼하셨어요?" "네." "어려 보이시는데……." "동안이에요." 남편의 존재를 알자마자 그는 건조한 사무직 직원으로 돌아왔다. 남편이라는 존재에 기대야 비로소 겉으로나마 인간 대접을 받는구나 싶어서 나는 또 분개했다. 그는 내가 아니라 남편을 존중하는 것이었고 나는 주인 있는 물건 취급을 당하는 것뿐이니까.

　　결혼해서 좋은 건 없냐는 질문을 받을 때마다 나는 대답을 망설인다. 어디서부터 얼마큼 말해야 할지 상대를 보며

가늠한다. 좋은 점, 있습니다, 있는데, 그게 참 좋다고 말하지는
못하겠습니다.

안전

남편 회사에서 걸어서 10분 거리의 오래된 빌라에서 살던 때
우리가 사용했던 저렴한 인터넷은 속도가 엉망이었다. 더러는
아무 이유 없이 와이파이를 쓸 수 없었다. A/S를 받기로 한 날
나는 비좁은 집에 남성 수리기사와 단둘이 있고 싶지 않았고
시간 맞춰 남편이 집에 들르기로 했다. 그런데 약속시간 훨씬
전에 남편에게서 전화가 왔다. '기사님이 곧 도착한다는데
내가 하던 일이 있어서 바로 못 갈 것 같다'고, '그래서 집
비밀번호를 알려줬으니 당신은 그냥 나와 있으라'는 말에 나는
심장이 내려앉았다. '그럼 잠깐 기다리라고 하고 내가 집을
나선 후에 비밀번호를 알려줘야 하는 거 아니냐'며 분통을
터뜨리면서도 나는 다급히 현관문의 보조 장치를 잠그고 서둘러
옷을 갈아입었다. 그러다 결국 수리 기사와 현관문을 사이에
두고 맞닥뜨린 순간 평소에도 귀갓길의 뒤통수가 서늘하던
복잡하고도 고요한 빌라촌의 현관에서 나는 깨달았다. 남편은
내가 아무리 설명하고 이해시켜도 영영 알지 못할 감각이
있구나. 머릿속에 '이러이러한 상황에서 아내는 두려울 수
있다'는 걸 입력해 놓아도 저 구석진 곳의 공포까지는 짐작조차
할 수 없구나. 그렇게 다정한 남자가 이렇게 무심할 수 있구나.

평일 낮에 여자 혼자 있는 집이라는 걸 드러내지 않기 위해
주의를 기울이거나 집 앞 골목과 계단, 도어락 앞에서 긴장을
늦추지 못하는 것은 나의 에너지를 전혀 생산적이지 않은 곳에
소모해야 한다는 억울함까지 동반한다. 집수리가 필요할 때,
인터넷을 설치할 때, 이사 견적을 낼 때. 그러니까 집에 낯선
이의 방문이 불가피할 때마다 여성은 불안과 공포 등의 심리적
비용을 지불해야 한다. 이 사회가 여성에게 안전한 곳을 만드는
데 실패했기 때문이다.

집에 무슨 일이 있을 때마다 남편의 귀가를 목이 빠져라
기다리면서 나는 우리 집에서 일어날 수 있는 온갖 끔찍한
일들을 상상하지 않을 수 없다. 그 생생한 장면 속에서 내가
실행할 수 있을지 없을지 모를, 성공한다 해도 효과가 있을지
없을지 모를 대처법들을 강구한다. 그리고 끝은 늘 무력하다. 내
안전을 남편에게 맡겨야 하는 상황이 절망스럽다.
　　　　결혼 후 나는 남편의 존재로 반쪽짜리 안전을 획득했다.
비록 남편이 곁에 있을 때만 온전히 발휘되는 반쪽짜리지만
그마저도 내게 요긴하고 그래서 슬프다. 남편과 같이 있는
나는 배달음식도 시켜먹고 밤늦게 귀가할 수도 있지만 바꿔
말해 혼자인 나는 몇 초 더 긴 눈맞춤, 주춤대는 몸동작이 내게
일으키는 불안을 견뎌야 한다. 에어컨 설치 일정을 남편이 집에
있는 시간으로 맞추느라 애쓰고 있노라면 나는 마치 한 인간의
몫을 해내지 못하는 것 같은 기분에 사로잡힌다. 내가 너무도
취약하고 모자란 존재로 느껴진다. 남편은 절대 느낄 일 없을

자기 부정적이고 소모적인 감정들.

　　　　원래 여성이 마땅히 가져야 하는 것, 같은 사회의
일원이라면 동등하게 보장되어야 하는 것, 그러나 남성에게만
주어지고 여성은 빼앗기는 것, 안전. 그것을 결혼을
통해야 부분적으로 획득할 수 있도록, 남성의 품에 안기면
해결되도록(하지만 그 남성이 그 여성에게 안전할지는 신경
쓰지 않는다) 이 사회의 안전과 치안은 그렇게 마련되어 있다.

　　　　경제력
주거 문제로 걱정이 많던 어느 날 우리는 남편의 청약저축에
납입하는 금액을 매달 5만원에서 10만원으로 늘리기로
결정했다. 공공 임대든 분양이든 엄두가 나지 않을 정도로
가산점 경쟁이 치열하지만 유일한 대안이어서 가능성을
조금이라도 높여야 했다. 그런데 가만, 내 청약저축은 매달
2만원인데? 지금도 부담스러운 상황에서 내 몫의 금액까지
늘릴 수는 없고 금액을 나누는 건 당첨에 불리하니까 최대한 한
쪽에 모는 게 맞겠지만 아무래도 이상하다. 그러고 보니 대출은
누구 이름으로 받아 꼬박꼬박 이자를 갚고 있는지, 신용카드는
전월 실적을 맞추기 위해 누구 것을 몰아서 쓰는지, 그래서
결과적으로 누구 신용 등급이 올라가는 중인지, 갑자기 의문이
들었다. 현재 혹은 미래 소득이 많다는 이유로, 아니면 그저
관습적으로, 경제적 문제에 있어서 남성을 대표로 내세우는
것은 그만큼 여성을 주변적 위치로 내모는 것 아닌가. 그로 인해

남성이 획득하는 유무형의 자산은 과연 얼마큼일까. 이렇게 일상에 녹아들어 흔적 없이 사라지지만 분명한 경제력 차이를 만들어내는 지점들을 어떻게 제대로 나눌 수 있을까.

이때 나는 가정경제가 남편을 중심으로 돌아가게 된 과정이 무척 자연스러웠다는 데 새삼 놀랐는데, 여기에는 남편의 생애소득이 나보다 훨씬 더 안정적이고 많을 것이라는 '합리적' 예측이 바탕에 있었다. 그리하여 나는 상상해보는 것이다. 내가 회사에서 처음 발령받은 부서가 남성 15명에 여성 2명으로 구성된 곳이 아니라 여성 15명에 남성 2명인 팀이었다면 어땠을까? 그래서 내가 관찰할 수 있는 롤모델이 다양해서 월등하게 뛰어난 능력을 갖추거나 존재감 없이 버티는 단 두 종류가 아니었다면 어땠을까? 상사가 나를 여자로 보거나 성희롱하지 않았다면 달랐을까? 사장부터 모든 임원진이 여성이고 어느 회사에 가도 여성이 대다수를 차지하는 사회였다면? 결혼한 남성은 희귀하지만 결혼하고 애가 둘씩 있는 여성은 대우받는 조직 문화였다면? 그 많은 여성들과 어울려 일하고 출근해서 당연한 듯 책상에 가방을 놓으며 그 자리가 내 자리라는 걸 어떤 부적절감도 불편함도 없이 받아들일 수 있었다면 내 커리어는 지금과 얼마나 달랐을까? 그러한 사회에서 남편의 커리어는 어떤 모습이었을까?

남편이 버는 돈을 함께 쓰는 데에는 분명 편안한 점이 있다. 그러나 여성에게서 경제력을 빼앗는 다양한 사회적 장치들이

없다면, 여성이 남성과 동등한 기회와 평가로 임금노동을
하는 환경이라면, 남성의 경제력을 나눠 쓸 수 있어서 결혼이
좋다고 말할 필요도 없을 것이다. 딸의 학업에 덜 투자하는
가정환경에서부터 시작하여 취업 시 불이익, 조직 내 성폭력과
정의롭지 않은 해결, 남성연대문화로 인한 배제, 여성의 결혼,
출산, 육아에 대한 차별, 가사와 육아노동의 여성 책임 의식
및 경제적 가치 폄하를 포함하는 남성중심사회가 남성은 점점
더 부유하게 여성은 점점 더 가난하게 만든다. 그렇게 여성의
자립을 불가능하게 만들어 여성을 결혼에 종속시킨다.

나는 내가 원할 때 언제든 이혼할 수 있기를 바란다. 경제력을
의존한다는 건 내 삶을 저당 잡히는 것과 마찬가지다. 자본주의
사회에서 개인의 행동반경, 자유와 독립은 주로 돈에 의해
좌우된다. 나는 결혼이 아니어도 여성이 자립할 수 있고
사회경제적 지위를 보장받을 수 있기를 바란다. '동일노동
동일임금', '동일능력 동일커리어'가 실현되어, 여성이 원할 때
결혼하고, 이혼하고, 원하는 사람과 아이를 낳고 원하면 혼자서
혹은 원하는 사람과 아이를 키울 수 있기를 바란다.

그 외 실질적 혜택들
오늘날 한국 사회에서 기혼은 기득권이 맞다. 여자와 남자의
결합은 현재 국가와 사회에서 인정하는 유일한 가족제도다. 둘씩
짝지어 결혼을 하고 그 사이에서 아이를 낳길 바라는 국가는

기혼에게 제도적 혜택을 배타적으로 제공한다. 신혼부부를
대상으로 전세자금대출의 한도를 높이고 이자율을 낮추고 임대
및 분양 주택에 신혼부부를 높은 비율로 할당하는 주거 복지. 그
외에도 재산 분할 및 상속의 권리, 세제 혜택, 의료 의사 결정권,
공공보험에 배우자를 포함하는 일까지, 기혼에 대한 제도적
혜택은 광범위하고도 정밀하다. 생애 과제를 수행했다는 사회적
인정과 같은 인식적 혜택을 뒤로 하더라도 말이다.

개인적으로 결혼 제도 안에서 내가 가장 안심하는
부분은 내가 선택한 사람이 나의 법적 보호자가 된다는
점이다. 나를 누구보다 잘 알고 이해하는 사람이 내가 아플 때
수술동의서에 서명하고 중환자실에 출입하고 장례를 치른다는
것. 내가 의사 결정하기 어려운 상황에서 나의 의사를 가장 잘
알아줄 사람이 곁에 있을 수 있다는 확신에 나는 안도한다.
우리가 운명 공동체라는 사실 또한 가끔 위로가 된다. 내 일을
자신의 일처럼 여겨주는 이의 존재도 무척 소중하지만 내 일이
바로 자신의 일인 사람과 함께 통과하는 삶은 외로움을 한결
덜어준다.

결혼 제도가 아니어도

결혼해서 얻는 것이라고 열거한 앞의 목록을 짚어보며 나는
오랜 의문을 풀 한 가지 힌트를 얻는다. 여성 착취의 긴 역사를
돌아보며 여성들이 왜 이토록 불리한 환경을 견뎌온 것인지
의문을 품곤 했다. 적어도 가부장적 결혼 제도에 있어서는

어느 정도 답을 얻은 것 같다. 지금 이 사회는 안전과 경제력을 포함하여 결혼을 통해 얻는 이점들로 여성을 볼모 잡고 있는 모양새다. 애초에 삶과 생존에 필수적인 것들을 여성에게서 박탈해놓고 그것들을 줄 테니 결혼하라고 속삭이는 것이다. 그렇게 여성이 부당함을 견디게끔, 결혼 제도로 걸어 들어가게끔 사회제도가 설계된 것이다. 그렇기 때문에 우리는 물어야 한다.

> 왜 반드시 결혼을 통해 얻어야 할까?
> 성인이 독립적으로 생활하기 위한
> 최소한의 안전, 경제력, 주거 환경은
> '성별에 관계없이' '결혼이 아니어도'
> 보장받아야 하지 않을까?

며느리 사표

스몰웨딩이란 단어를 모를 때부터 스몰웨딩을 원했다. 꼭 축하받고 싶고, 나를 축하해주고 싶은 소수의 정예 멤버만 불러 깊고 끈끈한 시간을 보내고 싶었다. 나의 결혼식이 기쁘게 참석하고 싶은 행사가 아니라 주말 한 나절을 허비해야 하는 번거로운 의무가 될 만한 사람을 초대하는 것은 분명 내게도 그에게도 즐거운 일이 아닐 터였다. 비슷비슷해 보이는 대형 예식장도 싫었다. 내게 의미 있는 곳 혹은 내 취향에 맞는 곳에서 내 눈에 아름다운 결혼식을 올리고 싶었다. 그러니까 내 취향은 성대하고 화려한 결혼식은 아니었던 것이다.

　　　누군가 원하는 결혼식에 관해 물어오면 이러한 내 취향을 구구절절 설명해야 했다. 가끔은 말하기 귀찮아 다른 사람들의 의견과 같은 척 잠자코 있거나 별거 없다고 답하기도 했다. 그렇지만 이제는 아주 간편해졌다. "나는 스몰웨딩을 원했어." 이 한마디면 상대의 얼굴에 무슨 말인지 알겠다는 표정이 떠오르며 대화는 막힘없이 다음으로 이어진다. 스몰웨딩이란 무엇이고 스몰웨딩은 어떤 모습인지 자신의 결혼식으로 그 개념을 대중에게 널리 알린 가수 이효리 덕분이다. 예전에는 "아, 그래? 특이하네"라던 반응은 "그렇구나, 요새 그런 사람 많더라"라는 수긍으로 바뀌었다. 개념을 만들고 이름을 붙이는 게 이렇게나 중요하다.

『며느리 사표』라는 책이 나왔을 때 꼭 이런 기분이었다. '나는 정말로 축하받고 싶은 사람들과 내가 좋아하는 공간에서 사랑과 축복의 밀도가 높은 분위기의 결혼식을 원해'라는 말을 '스몰웨딩'이라는 한 단어로 정확하고 간편하게 대체할 수 있게 되었을 때의 기분. '가부장적 결혼 제도에서 가장 아래에 위치하는 존재가 되어 기본적으로 모멸을 내재하는 며느리 역할을 수행하는 일을 거절하겠다'는, 어쩌면 이보다 훨씬 더 길어야 할 설명을 '며느리 사표'라는 단어로 단번에 표현해버린 것이다. 책 제목을 보자마자 속이 화—하게 시원해지는 기분이었다.

내가 남편을 사랑하지 않는 것이 아니고 남편이 천하의 못된 놈도 아니고 남편도 나름대로 노력하지만 남편 개인의 노력으로는 결코 충분할 수 없으며 시가 또한 막장 드라마에 나올 만큼 비상식적이거나 무례한 사람들이 아니고 나를 대놓고 종 부리듯 하지 않지만 교묘하고 은근하게 나를 남편에게 종속된 한 단계 아래의 인간으로 대하며 나를 괴롭게 만들고 있다는 것. 이것은 여기 관계된 개인들만의 잘못이 아니며 개인의 노력으로 뜯어고칠 수 있는 게 아니다. 근본적인 문제는 가부장제가 강요하는 며느리의 위치, 며느리라는 역할이기에 나는 며느리 되기를 거부한다는 것. 나 또한 간절하게 '며느리 사표'를 내고 싶다는 말이다.

물론 아직은 며느리 사표라는 말 한마디로 모두를 납득시킬 수 있는 단계는 아닌 것 같다. 조금 더 설명이 필요하다. 납득할 의사가 없는 사람일수록 길고 합리적인 설명을 해줘도 더 많은 설명을 요구하기 마련이다. 설명을 한다고 해서

애초에 납득하(려 하)거나 납득하지 않는 사람의 분류가 크게
달라지지는 않을 것이다.

그럼에도 나는 설명한다. 며느리 사표를 내고 싶다는
내게 반박하는 이들을 설득하는 걸 목표로 하는 게 아니라 내
대답을 들어줄 다른 사람들을 위해서 말한다. 우리의 대화가
편협한 사람의 혐오적인 말로 가로막히는 걸 두고 볼 수 없어서
꾸역꾸역 말한다. 상대가 반대하거나 모두가 동의하지 않을 것이
분명한 주장을 펼치는 게 쉽지 않아 내게는 정말로 많은 노력이
필요하다.

며느리 사표를 내고 싶다는 내 말에 이런저런 딴지를 거는
사람은 확실히 있다. 나는 몇십 년간 시가를 위해 봉사하지도
않았고 종갓집의 맏며느리도 아니고 누가 봐도 인정할 만한
고충도 없고 세월도 없고 헌신도 없다. 결혼한 지 고작 4년에,
시가를 방문한 횟수는 손에 꼽으며, 생활비나 용돈을 무리하게
보낸 적도 없다. "네가 며느리로서 뭘 그렇게 했다고?"란 말이
들리는 것만 같다. 인간의 타고난 권리로서 자유롭고 싶다는
바람은 엄살이나 투정처럼 보이고 철없고 이기적으로 보일 게
뻔하다. 그러니까 내 며느리 사표는 시가에게도 사회에게도
하다못해 내 부모에게조차 인정받거나 지지받지 못할 것임을 잘
안다.

그러나 엄밀히 말해 나는 가부장제가 요구하는
며느리가 되겠다고 동의한 적이 없다. 결혼에 당연히 따라오는
것이니 결혼했으면 책임을 지라고 한다면 결혼으로 따라오는

것 중에 왜 유독 며느리 역할에만 나쁜 것들을 왕창 집어넣어 놓았는지 묻겠다. 결혼은 집안과 집안의 결합이고 모두가 한 가족이 된다는 말은 이제 지긋지긋하다. 가족이 되는 데에 필요한 노력과 희생이 한 사람에게만 과도하게 요구되고 그 요구가 모멸감을 내재한다면 나는 그것을 가족이라 부르기를 거부하겠다. 나는 인생의 동반자로서 한 사람을 선택했을 뿐이다. 내가 선택한 한 사람과의 결합이 결혼의 본질이라고 알았다. 그러나 그것이 아니라면 그리고 동반자와의 관계를 보호받는 다른 방법이 있다면 더 자유로운 방법을 선택하지 않을 이유가 없다.

결혼에도 상상력이 필요하다

가부장제 안에서는 어떻게 해도 내가 시부모와 인간적인 관계를
맺을 수 있을 것 같지 않다. 세상에 인정받을 만한 헌신도 희생도
없었던 내가 며느리 사표를 낸다면 받아들여지지 않을뿐더러
시가와 연을 끊겠다는 뜻으로 해석될 것이다. 연을 끊는 것도
하나의 방법이 되겠지만 반드시 연을 끊고 싶은 것은 아니다.
        졸혼도 답이 될 수 없다. 남편과 별거를 하고 싶은
게 아니고 (물론 나는 남편과 각방을 쓰고 싶고 각 집을 갖고
싶다. 그렇지만 이는 서로를 잇는 심리적인 끈을 놓겠다는 뜻이
아니라 물리적으로 독립된 공간이 있기를 바란다는 뜻이다.)
서로에 대한 동반, 보호 관계를 끊고 싶지 않다. 법적으로 그리고
심리적으로 나는 남편의 보호자가 되고 싶고 남편이 나의
보호자이길 바란다. 내가 끊고 싶은 건 남편 개인과의 관계가
아니라 결혼 제도와의 관계다.

나는 새로운 관계를 원한다. 자유롭고 평등한 관계. 적정한
거리와 예의가 있는 관계. 서로에 대해 기본적으로 선의를 갖고
시작하는 관계. 나라는 사람과 상관없이 작동하는 기대나 요구가
없는 관계. 도리, 역할, 의무가 아니라 개성, 가치, 목표가 중요한
관계. 내가 독립적인 인격체로 존재할 수 있는 관계. 누구도
착취당하지 않는 관계. 상대에 대한 적정한 존중과 거리가
보장되는 관계. 더 이상 집안과 집안의 결합이 아니라 오로지
개인과 개인이 만나는 관계.

나는 새로운 이름을 원한다.
아내, 며느리가 아닌 다른 이름.
인생의 파트너이자 동반자를 지칭하는
동등한 언어를 원한다.

결혼은 누구와 같이 살지, 누구와 법적·제도적으로 엮일 건지,
누구와 경제적 여건을 나눌 건지에 관한 문제들을 하나로
묶는다. 그렇지만 이것들이 반드시 한 덩어리로 묶여야 한다고
생각하지 않는다. 동거하는 것, 경제적·법적·제도적으로 인생을
같이 꾸리는 것, 성애적 관계를 맺는 것은 저마다 따로 기능할
수 있다. 개별적으로 선택할 수 있는 문제이며 그래야 한다고
믿는다. 같이 살지 않는 법적 보호자로서의 동반자, 성별에
관계없이 자신의 성지향성에 따라 성적 관계를 맺는 법적
동반자, 성애적 관계가 아니지만 함께 살며 서로를 누구보다
믿고 의지할 수 있는 법적 동반자, 따로 살면서 경제적 여건을
나누는 동반자……. 이들이 왜 존재할 수 없는가. 가족의 형태는
지금보다 훨씬 더 다양하고 유연해져야 한다. 좋은 대안으로서
'생활동반자법'이 우리 눈앞에 한 발짝 다가와 있다. 프랑스나
독일 등의 시민 결합을 모델로 하여 결혼이 아니어도 서로를
보호하고 부양할 수 있는 법 제정에 관한 논의가 활발히
이루어지고 있다.

　　　법적 보호자이자 운명을 나누는 삶의 파트너를 스스로
선택할 권리는 누구에게나 보장되어야 한다. 반드시 여성 1명,

남성 1명의 이성애자 커플이 아니더라도, 혹은 로맨틱하거나 섹슈얼한 관계가 아니더라도, 어쩌면 꼭 둘씩 짝짓지 않더라도, 내가 선택한 사람들과 법적 보호 관계를 맺을 수 있는 것. 국가의 복지 혜택을 받는 범위 안에 들어가는 것. 누구나 '정상' 가족이 될 수 있는 것. 이러한 사회라면 여성이 가부장적 결혼 제도에서 벗어나 보다 자유롭고 안전한 삶을 영위할 수 있을 거라 기대한다.

당신을 사랑하기 위해서 가부장제를 버린다

결혼한 지 두 달쯤 지났을까. 나는 별안간 집에 있던 노트를 아무렇게나 펼쳤다. 그러고는 짧은 기간 동안 시부모에게 들었던 말들을 정신없이 적어 내려가기 시작했다. 명치쯤에 거북하게 얹혀 있던 불덩이를 울컥 종이 위에 토해내는 심정이었다.

　　내가 적은 말들은 실은 아주 보통의 며느리 대우였다. 게다가 나는 남편에게 할 수 있는 모든 이야기를 하고, 최대한의 이해를 받고, 시가에 내가 할 수 있는 최대한의 의사 표현을 하고 있다고 생각했다. 그럼에도 불구하고 나는 더 많이 이야기하고, 더 깊은 이해를 받아야 했다. 며느리 위치를 똑똑히 알려주는 일상의 말들은 분명코 내 영혼을 상하게 만들고 있었다.

　　너무 많아서 다 적을 수 있을지 염려되던 불덩이들은 의외로 노트 두 쪽에 다 담겼다. 사소한 말 한마디까지 빠짐없이 기록하는 동안, 나는 한결 기분이 가벼워졌다.

사람들을 만나 결혼 제도 안에서 여성에게 가해지는 억압을 말하려고 하면, 상대는 이미 다 알고 있다는 듯 익숙한 표정을 지으며 말을 가로막았다. "다 아는 내용이잖아", "예전에 다 했던 이야기예요". 이들 말처럼 결혼 제도를 둘러싼 문제는 '예전에 다

했던 이야기', '다 아는 내용'인데 왜 하나도 바뀐 것이 없을까? 왜 나는 처음인 것처럼 당황스러울까? 결혼 제도를 비판하는 것은 앞서 나온 논의의 반복일 뿐일까? 새로운 이야기를 할 수는 없는 걸까?

결혼한 지 1년이 채 안 되었으니까 적응기라고 여겼다. 가족이라는 이름으로 묶였지만 실은 전혀 알지 못하는 타인과 서로 맞춰가는 시기라 그렇겠거니 했다. 그러나 첫 두어 달의 충격만큼은 아니어도 비슷한 갈등은 모양만 바뀌가며 반복되었고, 나는 함께 적응기를 보내는 사람들 중 어쩐지 매번 가장 많이 고민하는 역할에 놓이고 있었다. 시가의 불합리한 기대들은 아무리 남편을 통해 우회하더라도 정확히 나를 향했다. 내 안의 불덩이가 더 이상 커지지는 않았지만 밀도는 점점 높아졌다.

내 인생 처음으로 노트 두 쪽에 토해내는 끄적임이 아니라 글을 쓰기 시작했다. 쓰지 않으면 견딜 수 없을 것 같은 마음으로, 이 응축된 불덩이를 정확한 문장으로 만들지 않으면 그 뜨거움이 나를 삼켜버릴 것 같은 기분에 사로잡혀서 썼다. 이 글은 그렇게 시작되었다.

인터넷 매체에 글을 한 편 게시한 뒤 공감과 응원만큼 비난도 적잖이 받았다. 그 댓글 중에 "글의 제목을 '결혼 고발'이 아니라, '내 시부모 고발'로 바꿔야 하는 것 아니냐"는 댓글을 나는 종종 떠올렸다. 어쩜 이리 완벽한 오독이 있을까. 꼭 그 댓글

197

때문만은 아니었지만, 나는 더 크게 말하고 싶었다. 이것은 내가 겪은 일이자 동시에 방식이나 강도에 차이가 있을 뿐 모든 기혼 여성이 본질적으로 맞닥뜨리는 일이라고. 불운한 사람에게만 찾아오는 일도 아니고, 어리석거나 나쁘거나 노력을 기울이지 않아 겪는 일도 아니라고 말이다. 나를 괴롭히는 결혼 제도의 속성 자체를 탐구하고, 구조의 문제와, 구조에 영향받는 개인의 잘못을 낱낱이 짚어내고 싶었다. 아무 일 아니라는 듯 무심히 넘어가는 모든 일들이 끔찍하게 차별적이라고 소리치고 싶었다.

결혼하기 전에는 내가 잘하면 괜찮을 거라고, 무턱대고 낙관할 뿐 굳이 들여다보려 하지 않았다. 기혼 여성이 겪는 온갖 놀랍고 기막힌 사례들을 접하면서도 내게는 해당하지 않으리라 여겼다. 나는 그런 남편을 고르지도, 그런 시가를 만나지도 않을 거라고 막연히 장담했다. 그러나 내가 통제할 수 없는 거대한 가부장제를 맞닥뜨리고 나서야 비로소 알았다. 가부장제는 애초에 며느리에게 예비해놓은 고통이었다는 것을. 누구든 충분히 알고 선택하기를 바라며, 더불어 구조를 부수는 시작이 되기를 바라며 글을 이어나갔다.

침대에 앉아 있는 남편의 얼굴을 물끄러미 바라보면 문득 서글퍼진다. 나는 이 사람이 너무 좋은데, 아무 때나 뽀뽀를 퍼붓고 싶은데. 우리가 아내와 남편, 며느리와 사위라는 이름으로 맞닥뜨린 전혀 다른 세상을 떠올리면, 마음이 복잡해진다.

앤솔로지 소설집 『현남 오빠에게』 중 단편소설 「당신의 평화」를
쓴 최은영은 작가의 말에서 '가부장제가 사랑의 반의어'라는 벨
훅스[Bell Hooks]의 말을 인용하며, 가부장제에 복종할수록 사람은
타인과 사랑하고 사랑받을 힘을 잃게 된다고 했다. 결혼을 하게
된 이유는 여러 가지가 있지만, 이 사람과 같이 있고 싶은 마음,
하루의 끝에서 짊어진 짐을 내려놓고 함께 쉬고 싶은 마음을
빼놓을 순 없다. 사랑하는 이를 마음껏 사랑하기 위해 나는
가부장제가 아닌 다른 게 필요하다. 손잡고 걸어가는 삶의 길
위에서 누구도 착취당하지 않는 방식을 고민한다.

여성이 더 이상 며느리도, 아내도 아닌 세상. 그저 나 자신으로
존재하며, 일상을 함께 꾸리고 싶은 사람의 '동반자'라는
이름과 역할로 충분한 세상. 어디에도 종속되지 않고 하나의
독립된 인간으로 존중받는 세상. 그리하여 여성이 더 자유롭게
살아가고, 더 자유롭게 사랑할 수 있는 세상이 되기를 간절히
바란다.

결혼 고발

1판 1쇄 인쇄 2019년 11월 27일
1판 1쇄 발행 2019년 12월 4일

지은이 사월날씨
펴낸이 김영곤
펴낸곳 아르테

문학사업본부 본부장 손미선
채널기획팀 이정미 김혜영 김연수
문학마케팅팀 배한진 정유진
문학영업팀 김한성 이광호
제작팀장 이영민

출판등록 2000년 5월 6일 제406-2003-061호
주소 (우 10881) 경기도 파주시 회동길 201(문발동)
대표전화 031-955-2100   팩스 031-955-2151

ISBN 978-89-509-8448-9 (03810)